当代作家精品·小小说卷　主编　凌翔

表达方式

蒋静波　著

北京燕山出版社

图书在版编目（CIP）数据

表达方式 / 蒋静波著 . — 北京：北京燕山出版社，
2022.6

ISBN 978-7-5402-6471-0

Ⅰ.①表… Ⅱ.①蒋… Ⅲ.①小小说－小说集－中国
－当代 Ⅳ.① I247.82

中国版本图书馆 CIP 数据核字（2022）第 051682 号

表达方式

著　　者：蒋静波

责任编辑：杨春光

装帧设计：陈　姝

出版发行：北京燕山出版社有限公司

社　　址：北京市丰台区东铁匠营苇子坑 138 号嘉城商务中心 C 座

邮　　编：100079

电话传真：86-10-65240430（总编室）

印　　刷：北京军迪印刷有限责任公司

开　　本：710×1000　　1/16

字　　数：200 千字

印　　张：13.5

版　　次：2022 年 6 月第 1 版

印　　次：2022 年 6 月第 1 次印刷

ISBN 978-7-5402-6471-0

定　　价：59.80 元

序：蒋静波闪小说的可能性

谢志强

蒋静波这部闪小说集于 2015 年启动。闪小说是小小说之一种，小了还再小。她选择闪小说的表达方式入场。我记得当时她还疑惑不定，因为，她"吃不准"算不算闪小说（或小小说）。我说：这就对头了，文无定法，幸亏你没受模式和概念的束缚。

我在《文学港》杂志社当过几年小说编辑。那时，我把诗人高鹏程的散文、把帕蒂古丽的散文当成小小说。而且，干亚群和汪菊珍的散文，也常为小小说原创刊物和选刊选载。那叫一鱼两吃，采用小说的方法写散文，不失为一种很好的方法。我作为浙江省作协特约研究员，陆续选择海飞、草白、东君、陆春祥等作家的散文和中篇小说（碎片化的集合），作为小小说来述评。我的目的是发现小小说的多种可能性，同时，给当下的模式化小小说注入新鲜的元素。

宁波的作家，赵淑萍、岑燮钧、彭素虹等，均由散文转为小小说创作，转得稳妥而又自然。拔出萝卜带出泥，小小说之萝卜，带出散文之泥。或多或少可归为散文化小小说。还可用另一个名称：笔记小小说。我认为，表现江南水乡的物事，最佳的方法是笔记小说。因为，南方的传奇性不浓，而日常生活突出的特点是"没事"。"有事"（传奇、曲折、跌宕）好弄，难写的是"没事"，尤其是"没事"的日常生活。汪曾祺小小说就是这种表达方式的典范。他编过戏剧，但却反感小说的戏剧化。

蒋静波也选择了这条途径打开自己。此前，她一直写散文，2015年转为小小说创作，仿佛另起炉灶，不带散文的痕迹，我是指其结构、语言的小小说性，五六百字左右，螺蛳壳里做道场。

　　为了写此序，我找出2016年至2020年的浙江小小说述评，发现除了2017年，对她的作品都作了述评。其实，那一年，她在《文学港》上发表的作品，并被《小小说选刊》选载，同时在喜马拉雅等平台被推送。不过，四年的述评还是能够体现她小小说创作的轨迹。她的小小说创作有明确而执着的方向感。而且，以系列的方式呈现。不像一些作家东一榔头西一棒子，不成体系。作家不就是要建立一个"世界"吗？文学的世界与现实的世界互为观照。

　　2016年我在述评里有一段：

　　"蒋静波的《男人与女人》（九题），表现的是当下现实题材，隐约可显时代背景。她锁定人类社会的基本关系：男人与女人。简单中表现出繁杂。将故事的骨架降隐在底部，甚至淡化了表层情节的逻辑链，着意捕捉人物内在情感的一闪，那一闪常常是稍纵即逝，说不清、道不明，但是，作者仍克制着显现，结尾也是敞开着——未完成式。《全家福》中的一张全家福照片、《守望》隔开男女的一条小河、《真相》中的一张婚外情照片、《黑夜》中的一条暗蓝的领带、《追梦》中接她的一辆别克车（不说人，而说车）、《秀》中的一枚钻戒，这一系列实在的物件细节，连接着男女，似乎女人能把握的是眼前的物件，像最后一根稻草。同时，并存着别样体系的细节：云朵、光（灯光、目光）、水（河水、酒水、香水）、镜子，这些均为易逝易变的东西，如同遥不可及的幻想。实与虚的两套细节并存，作品弥漫着'星夜'一样的男女情感的幽暗和微妙，细节不经意中有了寓意、隐喻。小说的职能不是解谜，而是呈现谜面。因为，现在的作家不再是全知全能的'上帝'了。

　　"总之，蒋静波的闪小说，能够看出潜流的流向，而且，结构与情感的吻合，呈现出漩涡状。这个男人女人的系列，截取的是九对男女的情感'漩涡'，不也可看成同一对男人女人的九个连环套似的'漩涡'境遇吗？"

2021年，她将五年来的创作和发表的闪小说汇编为集子，题目为《表达方式》，原来还有个副标题："男男女女"。可见，她初建的"世界"，已命名了。作家得给小说世界命名，犹如创世那样。

2018年，蒋静波的"男人和女人"的世界，景点增加，人物扩容。我选了一组来述评。

"蒋静波的《跳蚤》（外十三题），写了十四种男女（夫妻）的危机，使用了一种叙述简约、留白，类似海明威的表达方式：只写露出了海水面的冰山一角，而大部分藏在海水下边。男女冲突的故事深深地隐着，像又静又黑的夜，男女的危机像走钢丝。蒋静波让人物像抓最后一根稻草或一个救生圈一样，抓住一个细节，从而爆发和宣泄情感。结尾是开放式。《跳蚤》中，浮出表层的跳蚤，不是实有的跳蚤——微信截图那26个字，像跳蚤，女人的反应如被跳蚤叮咬。紧扣着'痒'写。夫妻之间深夜的冲突，仅呈现碎片式的言行，连26个字的内容也省略了，痒转为伤：脚下盛开一朵接一朵的小花。蒋静波很会经营空灵的细节，能使细节生成丰富的意象，悬在可言不可言的微妙之处。小说家族有长、中、短、微，规模的大小不同，但是，表现人的存在境遇却有共同的追求，所以，我认为小小说首先是小说，其次才是小小说，它确实有独特的表达方式：螺蛳壳里做道场。蒋静波主要写闪小说，长的不过八百字，少的有二百余字，但是，灵活而又灵动地探索小说关注的'危机'。很多作家做加法（写得满），蒋静波则做减法（省略、留白），使得小小说辨识度提高。"

我将蒋静波的闪小说与浙江其他作家的闪小说进行对比：就故事而言，蒋静波"隐"，而其他作家"显"。显的故事波浪汹涌；但蒋静波

"隐"得情绪暗流涌动，这是有难度的写作。同时，给出启示：细节转化为意象，又升华为象征，此为小小说难得的品质。

2019年的述评，总标题为《小小说的讲究：作家的发现和人物的表现》。蒋静波的发现和表现如下：

"《小小说选刊》主编秦俑对我说过：'2019年，蒋静波的系列是我看到的最好的闪小说。'世界上就两类人：男人女人。蒋静波的这个系列里，将人物简约为：他和她的关系（人物无名无姓，有趣的是给鸡命名）。她在日常生活中发现荒诞、魔幻的意味，却是扎实地写实，在日常生活中展开。《来碗尿泡牛杂面》中，尿泡牛杂面是蒋静波文学的发明（发现并命名，是作家的发现），以假为真，由此展开，以致像孔乙己的穿长衫而站着喝酒的身份尴尬，吃尿泡牛杂面标志着身份，却又与乡愁结合，成为家乡的味道。《蛋盲》开头一句：妻子突然提出，要养鸡。因为妻子有脸盲，不认人，却识鸡——每只鸡都认识，还用一句14个字的李商隐的古诗，给14只鸡分别取了名字，给枯燥的生活平添了诗意。有一个细节，写妻子的讲究：丈夫劝，鸡不是人，随便喂喂算了，妻子却不马虎，因为给鸡吃，也等于给人吃。进而，她竟然认蛋。但丈夫却是'蛋盲'。人物与动物形成陌生与熟悉的荒诞的辨识关系。"

在2020年浙江小小说述评《小小说的选择：哈姆雷特式的生存之问》中，我关注的是蒋静波另一个花朵系列，每一篇都以花喻人。花与人互为关联。篇幅在1500字左右。所谓选择，是"有事"还是"无事"？

"《突然开放的乌饭花》写了失去老伴的乌婆婆自己选择的孤独。院子里栽了别人家没有的乌饭树，每年立夏，树开花的季节里，天天烧乌米饭，每个晚上在窗台上放一碗，以这种形式怀念死去的老伴，因为老伴临终前，想吃一口乌米饭，她还来不及烧，老伴就走了。生死相隔，用一碗乌米饭交流，这是一个凄美的爱情故事。写了生的显故事，隐了死的故事，最后的晚餐，乌婆婆以饭香吸引村里的小孩，原本冷清的院子里突然成了村里最热闹的地方，乌婆婆有预感：那是她生命中'突然开放的乌饭花'的时刻，也是由'我'童年有限的视角发现乌婆婆的秘密：隐了死，显了花，还有香气。花是乌婆婆命运的隐喻。作者写树、饭、花这些南方物语，将习俗与人物融合，写出了微弱的生命中对爱的坚守，以花之轻衬托人的境遇之重。"

花朵系列的动土，像建花园。散文的诗意以小小说的方式回归了。意味着她又建立一个"世界"，同时表示闪小说"男人和女人"系列告一个段落了。像建筑工人，楼宇竣工，又换场地了。其实，2021年，她的闪小说还延续了许多篇什，算是扫尾工程，也纳入了这部集子整体"建筑"。

一年一度的述评，我搜集、汇总浙江小小说，我会有所期待。我偏重发现小小说的可能性。不是小小说应当这样写，而是小小说还能那样写。蒋静波的闪小说显示了一种可能性。

闪小说的称谓来自美国，拉丁美洲则叫微小说。从世界小说的历史来看，闪小说有其强劲的谱系：中国的笔记小说、奥地利的卡夫卡和伯恩哈德、俄国的哈尔姆斯、意大利的曼加内利、罗马尼亚的格·施瓦茨、匈牙利的伊斯特万、墨西哥的胡安·何塞·阿雷奥拉、乌拉圭的加莱亚诺、危地马拉的奥古斯托·蒙德罗索等。20世纪70年代，德语国家有过闪小说的繁荣季节，很多著名作家都热心加盟，掌故式、寓言式、散文体、碑文体的闪小说佳作迭出，遵循的创作原则是：用一句（简单句）道出许多不能用一句（复杂句）讲的话。这从文学上颠覆了短话长说的习惯。简约是一种新潮流。

我喜欢闪小说的"闪"，六百字左右的篇幅，如同闪电，瞬间照亮黑夜。如禅宗和苏菲的个案，灵性一闪。其规模之小，佛经有一句话：须弥藏芥子，芥子纳须弥。以"芥子"之小揭示存在的密码。我见证了这部集子的生成。其闪小说，放入谱系中来观照，其来路，或影响，其实不止一个，凭直感，我觉得，其表达方式像美国作家莉迪亚·戴维斯的闪小说。该作家获 2009 年布克国际文学奖。那么"大"的奖，给了那么"小"的作品，是对崇大崇巨思维定式的矫正吧？

目 录

序：蒋静波闪小说的可能性　　01

跳蚤　001
沙瀑　003
守望　004
全家福　005
真相　007
星夜　008
中秋夜　010
瞎眼　012
秀　013
裙子　014
最好的时光　015

迷津　016
无处可去　017
扮演　019
绣球花　020
剩爱　021
银行卡　022
天仙与骷髅　024
生活　025

深情　026

缺口　027

窗外　028

白内障　030

玉佩　032

单穴墓　036

突然来的电话　038

大肠与碗　040

画像　041

蛋盲　042

结婚证　044

忠贞　045

黑幕　046

戒指　048

相亲　049

明白人　051

重新认识丈夫　053

我们换一张床好吗　055

坠入爱河　057

好学校　058

草莓　059

理发　060

追梦　062

错误的决定　064

我是谁　066

白云或山岚　067

气味　068

野果　070

寻找雪山　072

露易丝寻梦　074

琴声　075

美足　076

晚聚　077

担忧　079

替身　081

无与伦比的父亲　082

母子　083

冰糖葫芦　084

错过　086

棺材　087

坟墓　088

慈善家　090

次序　091

村里唯一发大财的人　092

来碗尿泡牛杂面　093

烙印　095

有一面镜子　097

人情　098

表达方式　100

罗丝的琴声　102

望星星　103

面具　104

胎教　106

门　108

咖啡　109

保姆　110

丢失的性别　111

奇缘草　113

土布绣　114

雨天　116

如何安放一只玉镯　118

广场　120

来吃饭吗　121

整容　124

所有　126

电话　128

梦境　130

别人的鞋子　132

干净　134

寻找故乡　136

宣传　137

舞者　139

证明　140

反思　141

剪藤　142

哭灵　143

拯救　145

鸡蛋　146

掌声　147

跳格子　149

河里的鱼　151

小船　153

海绵　155

气球　156

弟弟的能力　158

反转　160

飞翔　161

遗照　163

重塑记忆　164

陌生人的问候　166

笔记本　167

友谊　168

田野里　169

美食　171

鸟巢　173

眼睛　175

丈夫的呼噜　176

钟点工的回答　177

天性　178

看法　179

偶然性和必然性　180

珍珠项链　181

淑女　182

崇拜　183

下水道　184

高跷表演者　187

评论：贯通于小说和散文间的诗性表达

——蒋静波近作《男人女人》印象　190

后记　198

跳蚤

　　一阵瘙痒，从大腿开始，蔓延至全身，嘴里也发苦。"该死的。"她醒了过来，闭着眼，起身，双脚着地时，差一点跌倒。挠着背，走进洗手间去涮口，惨白的灯光中，镜中有一个披头散发、双眼浮肿的女人。她吓了一跳，玻璃杯从手中啪地滑落，将夜撕开一个裂口。

　　"又怎么啦，你？"传来丈夫的一声嘟哝，又重归寂静。

　　她踢了下满地的碎片，脚尖一凉，清醒了许多。18楼的窗外，天那么黑，没有一颗星星。

　　那张微信截图，那26个字，那个女人的嘴脸，又在眼前晃。身上也更痒了，又有点莫名的疼。她将水敷在脸上，双手蒙住眼睛，不想再看到晃荡在眼前的图像和文字。随着一股热烘烘的气味儿逼近，身上更是奇痒无比。她一把推开那团气味。

　　"你，怎么回事？"

　　"跳蚤。"

　　"笑话，你这么爱干净，怎么会有跳蚤呢？"

　　她没有作声，咬着嘴唇。

　　"不是已经说好了，都过去了……要不……我送你上医院检查一下？"

　　她再也忍不住了，顺手给他一个巴掌："别他妈的假正经了。"

　　他的右手高高地扬起，迟疑了一下，又黯然放下。

　　"啊哟……"他正要转身离开间，突然发出凄厉的尖叫，随之双手捧着一只光脚，龇牙咧嘴团团乱转。

　　她忽然不痒了，一身轻松地走回房间，脚下的地板上，盛开出一朵接一朵的小花，潮湿，殷红……

沙瀑

每有客人来家，他总是会笑指着家中的墙，歉疚道，得马上装修了。

她也总附和着点头，是该装修了。

他们住进这套婚房 13 年了，当时逼眼的富丽堂皇，如今到处是发霉的墙壁、畸形的门框、剥落的墙皮。是该装修了。

她想，这一切从什么时候开始改变的呢?

儿子放学回家了。

她拨通了丈夫的电话。"噢，今天还要应酬呢，不来吃饭了。"

放下手机，她一抬头，奇怪地看见餐厅墙上的泥沙正无声地流下、流下，似一面瀑布。

守望

　　他说，你知道吗，我一直喜欢你。

　　我怔了一下。心似翻滚的海，波涛汹涌。即使他的妻子已亡故，即使他依然拥有纯真、清新的气质，即使我与曾经的丈夫已毫无瓜葛。我低下头，无语表达。

　　下雨了，他将皮外套脱下，在我头顶撑起一方天地。我犹豫着，与他共享着这方小天地。忽然，害怕什么时候会有一个无法拒绝的拥抱，迅速跑开。

　　一条小河挡住了去路，我在小河边徘徊。我自己也不知道：是夜幕遮住了去路，还是根本没有出路？或者，是恐惧已使我丧失爱的能力，还是我只想飞过岸去，与他隔岸守望……

全家福

"爸爸妈妈，再见！"女儿挥挥手，背起书包上学去了。

"砰"，丈夫重重地带上门，也出去了。

她走进卧室，脱下睡衣，穿上黄色的运动装。镜中的女人，正对她微笑。额前不知从何时起，添了几根白发。她迟疑了一下，换上一件黑风衣，关上衣橱，拎着垃圾袋，出去散步。

她看一下手机：7点10分。

一天，才刚刚开始。

迎面走来一对老人，蓝男红女，卫生纸般皱巴巴的脸，露着浅浅的笑。他们牵着手，像是轻轻飘过的两朵云。两朵云在她身边停住，蓝云从口袋里摸出一块饼干，塞进红云的嘴里。红云帮蓝云翻一下领子，抚一下头发。然后，两朵云又继续徐徐飘动。

她痴痴地看着，真想变成那朵红云。即使老一点，丑一点，也无关系，只要蓝云不介意。若她真的成了红云，那么身边的蓝云会是谁呢？至少，不愿是该死的丈夫。若他是少年时未曾赴约的那个人，他会爱上衰老的她吗？若他是中年时说过喜欢她的那个人，他会原谅她的逃避，愿意在最后的时光中与她相遇吗？若是一切成真，女儿会体谅她吗？

她不禁恨起这缓缓流淌的光阴来。要是时间能一下子飞逝10年，甚至20年，该有多好。到那时，女儿应该结婚了，并成为了母亲。女儿一定会幸福的，不会和她一样有一个异床异梦的丈夫。

忽然没有了散步的兴致。回家，推开门，里面空无一人，客厅墙上的全家福，正冲着她微笑。

真相

　　他打开手机，给我看一张照片。照片上的一对男女正在林阴间亲吻。我不认识女的，但认识男的，他是我的……丈夫。

　　我无力地靠在树上，仰望苍茫的天空。却没有伤悲，一切似已在意料之中。

　　"对不起，惹你伤心了。我只想让你知道，你的丈夫已有情人。"他说着，慢慢挨近我。

　　我一把推开他："随他去吧，我没事。但我还是不会答应你。"

　　"为什么？还在……向着他？"

　　"我一直……只对自己负责。"

星夜

他来了，门是虚掩着的。当他推开房门时，摇曳的烛光发出灼灼的火焰，两杯红酒闪着琥珀的光芒。

第一次，这样面对面地站着。她听到了他的心跳。他读懂了她眸中的水波。

"你——来了"。她朝他微笑，弃了平日的称谓，一个"你"字，已经足够。

"生日快乐！"他举起酒杯，与她干杯，杯中的酒洋溢着阵阵柔波。他曾问她，为何从不喝酒？她说，不是不喝，只是易醉，不过在他面前，可以一醉方休。

已经是微醉的了。往日千万般的猜想、暗生的情愫此时绽放出奇丽的花朵。他的冷漠骄傲在她面前化作了柔水。他的吻如一阵阵春风吹来，她如一艘没有方向的小船，时而躲避时而迎接，终于被舵手掌握了方向，驰进了梦中的港湾。

她缠着他，那么紧，那么温柔。这样的姿态，很难有人将他们分开。此刻也没有人能把他们分开。她用身体的语言告诉他，她渴望和他在一起，每时每刻，直到永恒。

手机的铃声骤然响起，尖利得像空袭的警报。他解除了警报，然后搂着她，轻吻着她的耳朵，诉说起自己的无奈……

警报声再次拉响，他悚然地分开，迟疑着穿上了衣服。她看着他推门出去。夜色如此安静，好像一切都没有发生。她收拾了一下自己，将他遗落的暗蓝色的领带捡起，扔到了窗外。

次日上午，她匆匆地走进会议室。端坐在主席台上的他，向她送出一个只有她才能接收到的微笑，他胸前暗蓝色的领带，如锐利的钉子一般划过她的眼。她垂下眼皮，打了个长长的呵欠，昨夜——真累。

中秋夜

他缓缓地进入家门，里面没有灯光。窗台上的月光，薄薄的、淡淡的，映照着装饰豪华的家。

开了灯，家里顿时明亮了起来。他放下行李箱，拿起热水瓶，空的，就从拎包里取出水杯。水杯里还有半杯从香港带回来的茶水。他一饮而尽。

腕上的劳力士表，时针指向11。他拿出手机，作了个按键的手势，又摇摇头。她一定还在与雀友酣战吧。他迟疑着，伸出食指，"嗖"的一声，发出了一条信息。

浴室里响起了哗啦啦的水声，像在欢迎他的归来。一年之中，有几个月的时间他得外出，谈业务，察市场。他的公司已是本地的纳税大户，经营上可谓风生水起。为何，近年来却有一种深深的挫败感。

"咻——"子弹的发射声，划破了夜的宁静。他拿起手机，一则信息闪着子弹的冷光："好自为之。勿扰。"像被子弹重重地击中，他倒在床上。多少年了，前妻还是不肯原谅自己。最要命的，她摆地摊，做工人，却不要他一分儿子的抚养费。如今儿子婚期在即，听说新房是按揭的。他汇了一笔钱给她，又被悉数退还。多少个深夜，他曾偷偷徘徊在那间简陋的小屋前，却永远也迈不进那间小屋了。在他们面前，他成了弱者，直不起腰来。

"咔嚓"一声，门开了，一股香水味袭来。他偷偷拭去眼角的泪水，闭眼假寐。

"老公，你不是说明天才回来吗？"身边是娇美的声音，"有没有给我带来那串钻石项链？"

"太忙了，过几天你自己到香港去挑吧，带上我的卡。"

她笑了，吻他："嗳，我们生一个儿子吧。"

他强打精神，回吻："我的儿子都要结婚生子了，还是算了吧。"

她嘤嘤地哭了起来。

"对不起，我老了。要不，你离开我吧。"

"我就知道，你还惦着那边。你想叫你的儿子过来接你的班呀？"她的哭声更响了。

他不紧不慢地说："我的那个副总，你不是惦得更紧吗？"

瞎眼

一早，他俩面对面坐着，又商讨起离婚之事来。

她说，儿子离不开妈妈，儿子得跟她。他说，儿子没有爸爸，长不成男子汉，儿子得跟他。

他说，房子卖了，房款一人一半，没有抚养儿子的一方出一半房款给对方。她说，房子卖了，儿子住哪里？房子不卖。

她说，是她瞎了眼，嫁给他这个平庸、懒惰、没出息的男人。他说，他也瞎了眼，娶了她这个暴躁、自私、唠叨的女人。

她说，要不是那次他瞎了眼，骑摩托车撞了她，也不至于认识他，导致她瞎了眼。他说，他扶着她上医院时，要不是她要了他的手机号，又多看了他几眼，他也不会瞎了眼，喜欢上她。

从去年到今年，从早上到晚上，经过千百次讨论，回忆，他俩一致达成如下共识：在摩托车失控后，他俩几乎同时瞎了眼，而且瞎眼的次数相等，既然双方都瞎了眼，要不再瞎眼一次？

秀

　　他俩依偎着，款款穿过五星级酒店的大厅，来到预订的豪华包厢。

　　包厢里已有两对夫妻先他们而来，彼此寒暄后，他们在主宾位上坐下。他脱下自己的外套，又给她脱了风衣，将它们挂在衣架上。他的外套和她的风衣缠绵在一起。

　　当最后一对宾客来到后，她往宾客们的杯中斟上葡萄酒，他轻轻向她点头示意，两人同时站立，举杯敬酒。他们的脸上漾着幸福的微红。

　　他将硕大的钻石戴在她的手上，原来今天是他们结婚 10 周年的纪念日。宾客们衷心祝愿他俩爱情美满，幸福恒久。宾客们流露的尽是羡慕的眼光：丈夫事业有成，妻子美丽如花。

　　散席了，告别宾客，他和她默默地分乘两辆的士，迅速消失在夜色茫茫之中。

裙子

临睡前，我从衣橱里翻出一条裙子，面子看上去还算漂亮得体，但里子不知在什么时候已经破了。我在扔与不扔和穿与不穿之间纠结了好一会儿。

凌晨两三点钟光景吧，我仍无睡意，于是披衣起床。穿过空旷的客厅时，不由得在丈夫的房门口停了停，听见里面响着均匀的鼾声。忽然想起早想跟他说的话，唉……

我喝了杯水，走到阳台上，阴冷的月光涂抹着万物，一切显得与白天不同。我这才发现，与邻居共用的那道高高的砖墙上不知什么时候布满了铁荆棘。在铁荆棘那边的院子里，有三个人在吵架，吵架声很轻，几乎没有飞出这座院子，但他们的动作却没有装腔作势，短发女人扯住长发女人的头发，长发女人脚踢短发女人，男人甩出一个巴掌，打在短发女人的脸上……他们是我的邻居吗？我不忍再看，匆匆走回到自己的房间。

早上出门时，看到邻家院子里出来一男一女，亲热地坐进一辆轿车里，他们会是昨夜三人戏的角色吗？

我再次审视了一遍自己身上的裙子，还好，没人能看得出它的破绽。

最好的时光

周末午餐时，没说几句话，我们又开始了无休止的舌战。

我有口吃的毛病，在言语表达上落于下风。面对她犀利的言辞，我忍无可忍，猛拍一下饭桌，双手捂住耳朵，大声嚷道："还不如做个聋子！"

她瞪大眼睛，双手夸张地做着手势，嘴巴无声地一开一合，一合一开。

我保持这样的姿势，直到双手发麻，才将手放下。屋里十分安静，那不是一般的静，是进入旷无人烟的雪原上的静。她收拾着桌上的碗盆，没有发出半点儿声音。

很好，这样的状态我从未真正享受过。当我第三遍说"很好"时，感觉好像不太对劲：怎么听不见自己的声音？

我抓起一只碗，砸向地上，碗无声地碎了。她无声地跳了起来，嘴巴无声地开合着。

我赶到医院，接受了检查。医生在处方笺上写道："别急，会好起来的。"我到单位去请病假，经理在电脑上敲了一行字，让我看："搞设计，聋不聋，无所谓。"

我依然像往常那样工作。这段时间，工作效率奇高，攻破了一个设计难题。经理和同事见到我，都向我竖起大拇指。

回到家，也是一片安宁。这是我最好的时光。

我禁不住哈哈大笑——这一刻，我突然听见了自己的声音！

迷津

就在她快要崩溃时，他提出与她见面了。

内心漫过无限的惊喜，真想马上见到他。她早早出了门，在矜持与激动间挣扎。半路上，她到服饰店选了件他钟爱的那个品牌的衬衫，又买了他喜欢吃的橘子。一路想象着见面后和解，看电影或逛公园，一起剥橘子吃的情形。

她到了那家咖啡店。

我已等了半个小时。他冷冷说。你总是这样，从没把我放在眼里。

她不觉紧绷起脸。

你是不是不想回来？他说。

她在心里说，你为什么不马上求我回来？

他和她都用小匙胡乱搅动着杯中的咖啡。直到咖啡冷却，谁也没有喝上一口。

他起身要走了。

留下来。她在心中喊道。鼻孔里却恶狠狠朝他发出一声："哼！"

他也回应了一声："哼！"走出了咖啡店。

来到洗手间，她抱着衬衫和橘子呜咽不止。那是她最温柔的时刻。

无处可去

我坐在朋友小青的宿舍里，告诉她一件事。

今天中午，我正低头计算几张餐费账单，感觉有人靠近了柜台。

你好，你是来结账吗？我仍低着头。

我是来找你的。有人说。

小青，我抬起头，发现那人是林太太。我惊讶极了。

慢慢来，等你结完账，我们说说话。她的脸上出现从未有过的温和。

我们坐在咖啡馆里，她为我点了份扬州炒饭和奶茶，为自己点了份咖啡。

还生我的气吗？她说。

我看了她一眼，低下头。

当初是她把你赶出家门，现在来干什么？小青说道。

周医生是我朋友，她全告诉我了。她说。求你刀下留人。

小青，我昨天去了妇儿医院，约好下周一做手术，那医生问了我好多话。怪不得。

请原谅失去孩子的母亲的痛苦。她又说。

我不想未婚先孕。我说。

你爱我儿子，你生下他的孩子，算是他再生了。她抽泣起来。昔日强悍的女人，此时那么的可怜。

我突然有些感动了。小青，信不信由你。

我想起来了，听说那女人的丈夫有了年轻的女人。小青说。

要不，你先辞职，住到我家，生下孩子后，我不会亏待你。她说。

那……我考虑一下。我说。

谢谢你。她握了握我的手，离开了。

你准备生下孩子吗？以后怎么嫁人？小青说，一边修着眉毛。

我突然不想多说了。走出她的宿舍。阿锵用旧电瓶车接我回了自己的宿舍。

生下孩子也好，她家有的是钱，去向老女人要一笔钱来，我们买一套房子，就结婚。阿锵一把将我揽在怀里。

我挣脱他的怀抱，缓缓起身，望着窗外逐渐暗淡的天空，突然觉得我已无处可去。

扮演

她开口说话时，总是细沫飞溅，他避得远远的。

而她总喜欢跟他说话，他避到哪里，她的飞沫就跟到哪里。

他正想离开她，她突然病倒了。医生说，不能让她激动或不高兴。

他对自己说，暂时扮演一下吧。当她的细沫飘来时，他对自己说，权当是淋小雨。

她的病好了，他渐渐地也淋惯了小雨。

那一天，她的小雨永远地停歇了。此后，每当天空飘起细雨，他总会默默仰望着天空，陷入怀念，心里也淅淅沥沥地下起小雨。

绣球花

那是梅雨季节里少有的晴天。晚上，我们难得坐在一起，又签下了一份离婚协议。

这是五年来第五张这样的协议，之前的四张，因为其中一方的反悔，一次次不了了之。尽管之后协议的内容与第一张差不离，但我们每次都十分认真进行了讨论，他推掉酒席、宵夜，我停止健身、美容……

由于没有孩子，房子也属他父母名下，基本没有什么财产方面的纠葛。只有阳台上的绣球花难以处置，它是十年前我们结婚时朋友送的礼物，当初是不起眼的一盆，现在它占了阳台三分之一的位置，花开得蓬勃美丽，如果有人到我家来，只要告诉他们，阳台上有许多漂亮的绣球花，就不会走错门。

我要带走它，我说。怎么可以，他说。一人一半。我提议。他说，也不行。其实如果他先这样提议，我也会这样回答。

次日一早，我被阳台上一阵轻微的响声惊醒，拖着鞋子走到窗前，看见他正在修剪绣球花。我突然想到：自己也有一阵没去打理它们了。

剩爱

她爱上了一个男人。

她在任何时候对他诉说她的困惑和烦恼。他笑着。

她任性地对他发火。他也笑着。

这样的爱使她感到安全，也使她的儿子感到安全。

三年前，他的儿子成家了。儿子对她说：以后你和他不要来往了，不好听。

她听从了儿子。

他走了，他留下的那张报纸，她看了一遍又一遍，最后她爱上了报纸上的文字和一幅他微笑着的摄影作品。她可以将那些文字一字不漏背诵下来，也可以将那幅摄影作品一丝不差默画出来。

银行卡

无眠。到后半夜了，她索性起来，想找些事做。

借着惨白的月色，她拉开抽屉，一叠银行卡出现在眼前，有信用卡、借记卡、白金卡等，五彩缤纷。数一下，不多不少，正好十张。

"真烦。"她嘟哝一声。办这些卡时，她填了许多表格，打了收入证明，盖了单位公章，不胜其烦。工商银行的信用卡，从上月开始，丈夫，不，前夫需按时履行每月汇入三百元的扶养费。农商银行的借记卡，有两千多元的月工资。大多的卡，都不需用。

一些卡有年消费几笔的规定，否则要扣年费。其中某张银行卡，一年扣了她两百元的年费。她气得差点破口大骂。有什么办法？它们都是熟人托熟人求她办的。现在银行竞争激烈，各银行都以完成办卡数作为考核员工业绩的一项重要指标。

她从不去透支，也无刷卡的习惯。她抽出八张，放进了手提包，想等明天去销卡。免得哪一天忘了付年费，上了银行的黑名单。

她沉重地爬上床，努力合上眼睛。

闹钟响起时，她还打着呵欠赖在床上。忽然，手机响起一串"滴滴"的短信提示音。她懒得去打开手机。在这个时候，还有谁会记得她？尽管在心里，有一种隐约的期望。稍过了一会，又有一串"滴滴"声响起，接着又是一串……

临出门时，她才打开手机，有十多条短信：

"尊敬的客户，您好！今天是您的生日，浙江农信与您长久相伴，衷心祝您生日快乐……"

　　"尊敬的会员，今天是您的生日。中国银行衷心祝福您生日快乐，万事如意……"

　　……

　　她捧着手机，眼泪突然涌出。她将手提包放下，把里面的银行卡掏出来，又放入了抽屉，小心翼翼地叠好。她挑出农商银行卡，想，今天就去刷一笔，买只蛋糕。

天仙与骷髅

我一看到她，便不可自拔。她的明眸，她的双唇，她的笑脸，乃至她的声音，如此撩拨我的心，以至于见她一次后，我就吃不香，睡无眠。她是鲜花，不，比鲜花还芬芳；她是天仙，不，她是我的上帝。我要她做我无与伦比的爱人。

在太阳底下，我写了一首首情诗；在月光之下，我一次次在她的窗下徘徊。她依然对我不理不睬。如何摘取她的芳心？我对着天地发誓，求她爱上我，我甚至可以献出我的生命。

只是，我的心脏受不了这样长久的折腾，终于，我被送进了医院。在成功接受换心手术的第二天，我苏醒了过来。有人告诉我，她手捧鲜花，站在我的床边。我的心一阵激动，马上睁开双眼，只见站在我面前的是一个正张着大嘴的恐怖的骷髅。

生活

正如所有的明星一样，我衣着光鲜，英俊潇洒，在这个城市里，不只是女人们，就是男人们，也迷恋或羡慕我所拥有的一切。我走到哪里，哪里就有关于我的热议。会做生意的商家，比如五星级酒店、珠宝店、服饰店都恳求我接受他们的服务和馈赠。

我可是个慷慨的人。如果我愿意，我可以一掷上百万金，或送给一个心仪的女人，或用于我认为值得付出的事，不皱一下眉头。围在我身边的人们，对我甜如蜜浆，都希望我对他们慷慨一次。就在昨天，我走到我的一个司机跟前，交给他一叠钱，说，拿走吧。他感激得涕泪横流，并代表他那奄奄一息的独眼老婆和穿着别人衣服的女儿向我鞠躬。由于他过于兴奋，当他穿过马路时，撞上了一个稍显肥胖、满脸雀斑的女人。"走开。"他骄傲地训斥了那个女人。女人低头快速离开。

今天，我对最近上岗的化妆师暂时表示满意。之前，我已换掉了36个化妆师。化妆师对我很重要，别人眼中的我，大半是化妆师的杰作。

晚上，当所有的灯光熄灭后，在黑暗中，我穿上一件棉布衬衫，毁掉化妆师的作品，小心穿过房子后面的九道回廊，走上一条软泥路，路的尽头是一座小屋，我在门口换上我的棉布拖鞋，一个脸上布满雀斑的女人正等着我一起用餐。

深情

今晚，婆婆突然敲开了我家的门。

"妈，我以为永远见不到你了呢。"我拉着婆婆的手，上下打量着她，她还是穿着那件我十年前给她买的半新不旧的羽绒服，面色平和，没什么改变。我和丈夫请求她住些日子。

"嗯，路不好走，来一趟不容易呢。"她边说，边从包里取出用羊绒线织成的套衫、大衣、围巾、手套……铺了满满一床。

她告诉我，她最放心不下的就是老头子，他就是死心眼，忘不了她。这些东西她整整织了两年，要我带给他。并请我答应过些日子接他来我家住，好生对待他，务请他不要老念着她。

"妈……"我刚要出口，婆婆已飘然而去。

猛记起，明天是婆婆去世两周年的忌日。此刻，公公正与做了一年零八个月夫妻的女人在马尔代夫度假。

缺口

这几年，在无数个夜晚，我与 A 畅快地交流彼此的思想，诉说私密的话语，当然，我们也交流彼此的身体。

我对丈夫的歉意与日俱增。思忖着如何对他温情些。他喜欢喝家酿的酒，我学会了酿酒，屋里屋外，常常飘着酒香。上几天，他说很想吃土鸡，我跑到 30 公里外的山村买了一只鸡，那家主人，看我的神情，竟要我 380 元钱，条件是帮我杀好鸡。我认了。

丈夫一边用手扒着鸡腿，打着嗝，一边用油腻腻手指着我：你怎么不吃？

不知怎么的，我突然感到一阵恶心。

闺蜜来看我时，拐弯抹角地说了一大堆车轱辘话，最后告诉我："你丈夫与一个女人生了一个孩子，已经 3 岁了。"

说完，她抱紧我，也许是怕我会想不开。

"真是太棒了！"我鼓起掌来。

"有委屈就哭吧。"她对我无限同情。

我微笑着，一阵轻松，好像一股堵在什么地方的水，终于找到了缺口，奔流而去。

窗外

叽哩哩。叽哩哩。布谷。布谷。

她被一阵鸟叫唤醒。一早，她被打了针，终于不再狂躁，沉入了梦乡。往常，醒来后，又开始吵闹，或扔东西。此刻，一反常态，她隔窗，安静地听着。

他对着窗户，说：我能让一片树叶发出各种声音，想听吗？

她说：想听。

他重新在窗户边摘了一片树叶，含入嘴里，发出汪汪、汪汪的叫声。

她说：我最喜欢听鸟叫。

于是，鸟声四起：叽叽喳，喳喳叽……好像进入了幽谷之中。

她飞快下床，绾一下头发，走出房间。窗外的他，伸手迎接她。

你只吹给我听吗？

当然啦，这里没别人。

就是说，你只喜欢我？

嘿嘿，喜欢。

是不是结婚的那种喜欢。

嘿嘿，有一点。

我要全部，不是一点喜欢。

要是你常对我笑，我就全部喜欢你。

他摘了朵樱花，戴在她的头发上……

这段日子，我遇到了一些麻烦，住在父母家里。早上临出门前，母亲又嚷道：做人不要太简单，不知你在想什么，总得有个打算。

我瞬间有一种想从窗口跳下去的想法。我想所有的人都疯了，我也疯了。

三月的阳光，洒满每个角落。我看着监控仪中的那两个人出神，好像忘了自己的职责。

这是去年我在精神病疗养院工作时的情景，不知道现在那两个患者情况如何？而我，也搬出了父母的家，有了自己想要的简单的生活。

白内障

"我与那个女人相比，脸上的苍蝇屎谁多？"一大早，我还在修改深夜赶就的会议讲稿，她在卫生间梳洗时，冷不丁地冒出这句话来。

像往常一样，我没搭理。

早饭是红枣汤。

"等等，苍蝇。"我急速地喊。

她将刚送入口中的红枣"哇"地吐到碟子上。

真恶心，我双手蒙住嘴巴，跑到抽水马桶前，"哇"，也将红枣吐了出来。

"你怎么不早说？"

"等我看见，你已将调羹往口里送了。"其实当时我可以选择沉默，我确实也在心里犹豫了两秒钟，终于还是说了。

"怎么回事，根本没有半只苍蝇，"她凑近碟子，大嚷起来，又跑到卫生间，"啊，你吐的东西中倒浮着半只苍蝇。"

两人再无吃早餐的心情。

医检结果，她患了白内障。医生说，可以选择马上做手术，也可以等严重些再做。

"我受不了模模糊糊的日子，还是马上吧。"

第二天，当揭开纱布的一刹那，她惊喜地对着我叫了起来，"哈哈，你脸上有一个大脓包，"转而又端起医生递来的镜子嘟哝，"原来苍蝇屎还那么多。"

　　我踱到走廊上，悄悄将一团纸扔进垃圾桶，那是我一年前的眼睛检查报告单，我可不想做什么手术。

玉佩

我去参加一个国际室内装潢展览，临行前，不意从箱底翻出一块玉佩来。它曾是父亲所佩之物。自从 9 年前他和母亲离婚后，我再也没有见到过他，彼此也无任何联系。甚至在我 3 年前结婚时，也没想过邀请他。他的手机号码像一粒沙子深沉在我的通讯录里。

我若有所思，把玉佩放入行囊。

到了那个城市，我还是拨通了那个号码。

一眼扫去，我就认出了坐在咖啡馆角落里的那个男人。尽管他已体态臃肿，头发花白，眼眶深陷。

"爸爸。"我在这个几近陌生的男人面前坐下。

"阿琼，想不到你会来看我，"他说，"你和……你妈过得好吗？"

我紧抿着嘴，不语。

服务员端来两杯咖啡。

"咖啡没有放糖，你如果不喜欢苦味，可以加点糖，"他舀起一小匙咖啡，"我喜欢苦的。"

"我也是。"

"你难得到这里来吧？"

"一年一两次吧。"

"你工作还好吧？"他怔了一下。

"大学毕业后，我和别人合开了一家装潢公司，还好。"我没告诉他，公司的业务基本深入到所居小城的每一条街巷。

他点点头："不错。我也在一家装潢公司工作，只不过我是打工者，你是老板。"

旁边一桌坐着两男一女。两个男的并排坐着，一个肤色较白，一个较黑，形成鲜明对照。女的坐在他们对面。桌子上，除了咖啡、蛋糕，还有一束玫瑰。女的闻着花，不时有笑声传来。

我瞥了他们一眼，将玉佩递给他。气氛急转直下。他捧着打着千千结红系绳的洁白的玉佩，三两粒豆大的泪珠落在杯中。他用手揉了揉眼，舀一匙咖啡往嘴里送。

沉默了一会，他抬起头来，看了我一眼："阿琼，如今你已成人，爸爸告诉你这件事，不求你原谅，也许你会理解。他开始诉说：

她和你妈曾亲如姐妹。她们一起上大学，进同一家公司工作，又住同一间寝室。我和你妈恋爱时，我们三人也常在一起。后来，我们各自成家，她嫁给了一个开餐馆的老板，辞去了工作。她的丈夫非常在乎她，只有一条，不许她跟别人来往，甚至包括女人。这让她非常苦闷。就这样，好长一段时间，她和你妈基本失去了联系。

他从烟盒里摸出一支烟，点着。

那一天，你妈不在家，和公司的同事一起去旅游了。晚饭时分，我在家喝酒。有人敲门。是她。得知你妈不在家，她掉头想走。

"又不是不认识，"我说，"你没吃过饭吧，陪我喝杯红酒吧。"

她坐了下来，看到桌上只有两只菜，就走进厨房，不一会，端出两只热腾腾的小菜来。

"你到这里来，真是难得。"我说。

"我丈夫到外地去了。我想喘口气，出来找阿慧说说话。"

"有什么话，对我说也无妨。"

我们边喝边聊，那一晚，我从来没有说过那么多的话，她说她也是。我们彼此聊到流泪，仿佛做了一次血透。

他将一大截烟灰弹在烟灰缸里，猛吸一口，缓缓吐出一圈薄雾。

她收拾干净后，向我告辞。

"别走。已经很晚了。"不知怎么的，我从身后抱住了她。

那一晚，我们在一起了。其实，我们都是正经人。阿琼，那是一种彻底放松的感觉，也许，仅仅是为了让某种郁积消散。你太年轻，这一点你还不懂。

旁边那桌的白男和黑男争执起来，黑男推了白男一把，白男将咖啡泼在了黑男的身上，女的尖叫了一声。

父亲继续说道：

之后，我和她保持着这种关系，大约有两年。一天，她忐忑不安地对我说："我怀孕了。"

"我为你高兴，你终于可以当妈妈了。"我说。她没有孩子，之前她是那么羡慕有孩子的妈妈。

"你可以当孩子的爸爸吗？"她问。

"你的孩子就是我的孩子。"我这样说，也并非套话，毕竟她是个有丈夫的女人。

一天晚上，她的丈夫发现了她的孕检报告，同时也发现了这块玉佩，他逼着她说出孩子的爸爸是谁，她全盘招认了。他将她砍成重伤后，自己跳楼自杀了。

"天哪！"我失声叫道。这样惊悚的过程，我还是第一次听说。而妈妈再也没有机会跟我说这些了。

"后来你们在一起了吗？"我问。

他又抽了一根烟，点了两次，才点着。

"我永远记得最后一天，你妈用左手打了我的右脸。'如果你去找那个婊子，我们同归于尽。'这是她对我说的最后一句话。"

"后来，你真的没去找过她吗？"

"找不到了。"他用手揉揉眼睛，喝了一口咖啡。

他将握玉佩的手摊开，手心留下了玉佩的印痕。

不知何时起，那桌已不见人影，桌上、地下到处撒落着花瓣。

萨克斯音乐《回家》像瀑布一般从咖啡馆的各个角落倾泻出来。

该是告别的时候了。我站起身来。

父亲将玉佩递过来："是正宗的羊脂玉呢，留个纪念吧，或代我送给……哎，你结婚了吗？"

我把手一挡，玉佩滑出父亲的手掌，"啪"的一声，玉佩碎在地上。

单穴墓

抢救室的门，忽地开了。

快进去告个别吧。一位白大褂对迎上来的她说。

她踉跄半步。多年来，想得再多，也没想到，有一天，他会这样离开她。他的病，竟这样重。

他半闭着眼，耷拉着脑袋，脸像一枚风干的桃核。日子，像刀般，将他雕成了一尊木雕：不言不语，无喜无悲。

他看着她，嚅动双唇：拜托……

她像听到一声惊雷，叫：啊……

拜托……

侧耳细听，千真万确，不是幻觉。

她颤抖着，比得知他之将死更为惊恐。即使回光返照，也不至于让一个哑巴开口说话吧？

他曾经拥有磁性的嗓音，得过省业余歌手大奖。30 多年前的那晚，她启动滂沱大雨和震耳雷电后，他一下子成了哑巴。任凭她如何央求，哭闹，就是不去医治。他的嘴，除了吃饭喝茶，像是缝上了线。这个家，也像沉入了海底。若不是她到公园跳跳广场舞，聊聊天，说不定也会成为哑巴。

她盯着那张拆了线的嘴，等待着。

那嘴，拼尽全力，蹦出五个字：我要单穴墓。

吐字清晰，毫无歧义。

她如五雷轰顶，发不出一声。

而他，已静若磐石。

突然来的电话

半夜的电话铃声，把男人从睡梦中掀翻，并将他带到河边。

岸边，站着几名警察，围着躺在地上的女人，像在研究什么。那女人，湿漉漉的头发沾在脸颊、脖子上，卷曲散乱。一名警察，正将一只手机放入证据袋。手机白亮的光，刺了一下他的眼，让他莫名想起白天的几个骚扰电话。

先生，你的汽车保险快到期了……

我自己会保险。男人听了半句话，按了结束键。

我可以优惠……

谁呀，烦不烦！男人再次中断通话。

铃声又固执响起。

这女人，声音沙哑，真不识趣。他重重按下结束键。记起来了，前一天，应该也是她，打来这样的电话。再打，别怪我不客气。他嘟哝着，在床上翻了两个身。

认识她吗？警察问。

他瞟了地上一眼，摇摇头。

走近一点，仔细看。

他缓缓挪上几步，透过清冷的路灯，一惊。是她？是她。就是她！女人闭着眼，脸色惨白，壮实的身材，披肩的卷发，嘴角的黑痣，分明是——自己的妻子。他的双眼，落下了两滴泪珠。

你妻子是否有轻生的念头?

不知道。

她今天什么时候离家?

他摇摇头。

平时常外出吗?

不清楚。

警察的眼睛,挂着长长的问号,像一个个铁钩。

此刻,裤袋里的手机骤然响起。掏出,接听,话筒里发出一声严厉的斥责:半夜三更,死到哪去了? 门都没关! 然后就断了。

天! 他结巴着向警察解释:是我……妻子打来的。

大肠与碗

她屏着气，将猪大肠洗了一遍又一遍。

她的手指，发白，发皱，像一截大肠。

燃气灶上的锅，在火苗的舔舐下，发出嗞嗞的邀请。

哗——热油和大肠，掺杂青椒、洋葱，在锅内实现完美结合。

嘿，真香。他握着手机，从客厅走到厨房，深深吸了一口气。

趁空，她将盛过大肠的红花碗洗净。青白的碗身，配着红花绿叶。厨房里放着外婆家的碗，有她童年的记忆，外婆见她喜欢，送给了她好几只。如今只剩这一只了。

她关了燃气灶，拿起锅铲，端起红花碗。

慢。

她瞧他一眼，又将碗洗一遍。回身，红烧大肠已在另一碗中。那碗，通体洁白，泛着圣洁的光。

她怔了一下。

从她手里，他快速接过红花碗，丢到垃圾桶，与大肠中的污物、淋巴、脂肪会合。

她俯下身去。

肮脏，拣它干啥？他一边说，一边美嗞嗞地嚼着大肠。

画像

　　眼前的她，短发，T恤，网球裙，网球鞋，像一头活泼的小鹿，撞开了他的心门。不由得，他伸出手去。

　　突然，一幅美好的画像，又从脑子里跳出。10多年前，一位会画画的同学，根据他的描述，为他画了一幅肖像。画中人，樱桃嘴，丹凤眼，瓜子脸，长发及腰，横吹玉笛。起先，他将画像置于枕边，一天看上几遍。后来，画像之人，已深深烙在心海。

　　千万次，他对着画像说：非你不爱。

　　看着小鹿远去的身影，他叹了口气。他知道，这时，只要他唤一声，小鹿就会回到他的身边。他承认小鹿的美好，只是与画像差异太大。

　　多年来，几度寻觅，几度失望。茫茫人海，知音难觅，要找到画像之人，实在难上加难。那些人，五官、气质、身材、爱好，总与画像有对不上号之处。失望之余，他依然坚守初心。

　　他奇怪，许多人没有依着画像，或者根本没有画像，怎么一个个找到了另一半？

蛋盲

妻子突然提出，要养鸡。

这是我不曾料想到的。妻子患有脸盲症，除了家人外，总记不住或混淆别人的脸。甚至将我的外甥当成她的侄子，分不清朋友、同事，更是常事。因此她丢了工作。她奇怪，世人这么多，都长着差不多的眼睛、鼻子、嘴巴、耳朵，别人怎么就能区分得一清二楚？之后，她一直窝在家里，病恹恹的，干什么总提不起劲儿，连话也懒得讲。我想，养几只鸡，让她解解闷也好，若养得好，还能吃上有机鸡蛋和鸡肉呢。

很快有了十多只小母鸡，黄色的羽毛，圆圆的身体，走起路来，骨碌碌地滚着，像小皮球，煞是可爱。在院子里围上篱笆，里面搭间小木屋。小木屋旁有棵树，横斜的树枝，像是滑梯。这里成了鸡的家。

她要我给鸡取名。我放下书，说，鸡取什么名？这十几只鸡像是多胞胎，一样的羽毛，一般的大小，就算取了也白搭。说完，我就不再理她，继续朗诵李商隐的诗《无题》。

好，最后一句，就这么定了——蓬山此去无多路，青鸟殷勤为探看。她高兴地作了个 OK 的手势。诗句的每一个字代表一只鸡，鸡刚好十四只。

她给这些小蓬、小山、小此们制定了精细的食谱，除碎玉米、碎米等主饲料之外，早上外加牛奶；中午，辅以蚯蚓、蜗牛；傍晚，添加核桃肉、笋丝。食谱几天一换，避免厌食。鸡平时喝的水，是我从大老远取来煮茶的山泉。

我劝说：鸡不是人，随便喂喂算了。

她说：怎可马虎，它们也是生命，再说人吃鸡生的蛋，给鸡吃，等于给人吃。

她常常抱着鸡，大眼睛对着小眼睛，跟它们聊天，唱歌。跟我一起说的话题，总围绕着鸡：小青这几天有些烦躁，得多照看它一点儿；小去屎有些稀，瘦了，得补一补；小无与小多昨天吵了一架，今天和好了……

我惊讶：每只鸡你都认识？

她说，那当然，每只鸡都不一样，小路毛色最淡，小青眼珠子最黑，头有点儿歪；小鸟尾巴有几根黑毛，爪上有一粒黑痣……

有一天，她兴奋地告诉我，小殷明天要生蛋了。果然，第二天，她拿着一只热乎乎、带有血丝的鸡蛋，兴奋得满脸通红，好像是她生的。

一周之内，别的鸡也不甘落后，纷纷下起蛋来。她端着一盘鸡蛋，指点着对我说，这只是小勤生的，那只是小为生的，好像鸡蛋上写着字。

对吃蛋，她也有讲究，要依着鸡们的名字，一路"蓬山此去无多路，青鸟殷勤为探看"地吃。说这样才不至于厚此薄彼。她在厨房里有时差遣我：你将小探、小看生的蛋各拿一只来。面对我的束手无策，她点着我的脑门，话里很有一种得意和恨铁不成钢的味道：你呀，真是个蛋盲！

妻子的生活从此活色生香，原来无精打采的样子，不知到哪去了。

结婚证

本来约好的，今天上午去办离婚手续。谁知临出门前，那本鲜红的证件突然不见了。

她急得流汗。平常，那证件就放在壁柜的第二格抽屉里，和那些剪刀、榔头、钉子、镊子等混在一起。她需要剪刀、钉子时，就将那东西拨开。好几次，她也想把它与房产证、土地证等一起放在保险箱里。但很快就忘了。毕竟，它没有什么用途，连小偷也看不上。

没有用的东西之所以没有用，是因为还没有到用它的时候。

到民政局后，办事员说：按照程序，得补办结婚证再离婚。

她说：都要离了，还办啥结婚证？

办事员说：不然就没法离婚。

她瞥了一眼身旁的他，他漫不经心地说：那证全都是蟑螂屎，被我扔进垃圾桶里了。

原来如此。她问：怎么办？

他说：随便。

在结婚登记室。一对恋人正在履行程序，他们对着一张鲜红的纸，举起手，郑重宣誓：无论疾病、困苦，相爱一生，忠贞不渝……

她感到十分滑稽。转身走出了那间房子。他的身影也无处可觅。

忠贞

他从梦中醒来，嘴角挂着一丝唾沫。

身边的女人，正发出幸福的梦呓。

起来。意犹未尽。叼一支烟。

卖花的人确有神力，每一朵鲜花确是每一个美梦的入口或门票。在每一个夜深人静的夜晚，他可以与不同的女人幽会：朋友的妻子、上司的情人、影视明星，甚至于高高在上的女上司、异性竞争者。没有人知道他的隐秘，除了他自己。

这个雀斑满脸的女人，在365天的每一个夜晚，准会将丈夫的鲜艳欲滴的玫瑰放在床头，感动得落泪：哦，上帝，多么坚贞的丈夫。

黑幕

临出门前，她帮他解好手，将床头摇高些，把一杯水、一条毛巾置于床边。

"早些回来。"他说。

她点点头。

"这些烂鞋，质量真差。"她重重地抬脚顿了下鞋后跟。

物业公司办公室里。老张头问："你老公还瘫痪吧？"

"瘫了几年了，你又不是不知。"

"你老公没双胞胎兄弟吧？"

"一个姐，死活不管，"她翻一下白眼，"怎么，查户口？"

"请你来看看。"老张头神秘一笑，调试起墙壁屏幕上的按钮。

"我没这份闲心。"

他拉一下她的衣角："不看要后悔，真的。"

她撇一下嘴，目光不由得向屏幕移去。

夜，像一个黑幕，茂密的草木在路灯的映照下，发出失真的绿光。啪嗒、啪嗒，一个熟悉的身影，从草木前边快速过来。突然，那身影右腿跳几步，左脚放下，踩住了刚才从脚上掉下的那只鞋。

"该死的。"她踩一下脚，骂。

他摘下一朵花，像是欧月，闻一闻，扔了，走出小区。黑幕重归寂静，除了几粒虫鸣。

时间显示，凌晨 1:24。

她的嘴，张得比欧月还大。

老张头又调试了按钮，时间显示，凌晨 3:40。啪嗒、啪嗒，由远及近，在草木边，他来了个白鹤亮翅、金钟倒挂，动作干净利落。她还来不及叫好或开骂，黑幕又隐藏起秘密。

"你……你们，什么时候安了监控？"

"两个月了。"他拧了一下她的屁股。

这次，她没有拒绝。

"还有其他更值得看的，要不——？"他的手又伸了过来。

"不要。"

她的脸红一阵白一阵，逃也似地走了。

戒指

打开纸袋，是一只盒子。盒子里，有一枚戒指：白金体，翡翠面。

那晚，邀朋友聚餐。结束时，落在最后的他，将纸袋悄悄地给我，说："生日快乐，希望你喜欢。"

我的脸霎时浮起红晕，心狂跳不止，对着戒指，说："喜欢，怎能不喜欢？！"

我拿起戒指，伸出左手。我知道，戴戒指有讲究，中指表示恋爱中，无名指表示已订婚或已婚。我，该戴哪只？

将戒指往中指套，手指大，卡；往无名指上套，正好。脸上一阵火辣。看来，只能在晚上睡觉时戴在无名指上了。为了让中指戴上，我决定减肥。

我们仍像以前一般，平常不太联系。一个月后，我在朋友的婚宴上与他同桌。他说："你怎么不吃？"

我的目光停留在中指上，轻轻一笑。

他也笑笑。

我戒了最爱的西点、奶茶，尽量节食。业余时间，都花在练瑜伽和跑步上。人们都说我像换了个人。

两年后，我戴着戒指找到他时，他与一位丰满的姑娘坐在公园里，正共饮一杯奶茶。

相亲

敷过面膜后，化好妆，挑挑拣拣，换了几件衣服，戴上久藏箱底的首饰，对着镜中的新形象，抿嘴一笑。

这一次，我是认真的。

提早到了茶室。环视四周，前面一对男女喝着菊花茶，说着话。后面两个男人，饮着红茶，无话。角落一个女人，看着书，啜着茉莉茶，很是秀气。

服务员问我："要什么茶？"我摆摆手。他不到，我怎能先喝？

有人进来了。好潇洒。应该是他。感觉他正向我走来。我紧张起来，额头沁出微汗。终于见面了。他看到我，应该会想：这是个优雅、美丽的女人，有迷人的气质，得体的穿着，良好的修养。

我羞涩地迎向他的眼光。不料，那眼光从我身边扫过，停在角落。他朝那个女人走去。怎么办？去告诉他，错了，是我，不是她？不，不！我怎能放下面子。天哪，怎么回事，他竟然在"茉莉茶"面前坐了下来，还窃窃私语。我惊呆了。我斜视那个女人，苦瓜脸，眯细眼，吊眼皮。真是瞎了眼。这对狗男女，准没好下场。

悔恨，像阵阵波涛袭来。我为什么要精心打扮？他为何让我如此出丑？恨不得冲到他面前，脱下崭新轧脚的高跟鞋，打烂他的狗头，让他瞧瞧我不是好欺负的。也许他会解释，我要不到你的微信号、手机号，怎知哪个是你？呸，这就是侮辱我的借口吗？这个男人，一看就知道是劈腿的货色。

　　想起劈腿，就火冒三丈，要不是前夫劈腿，我也不至于被人欺凌。弟弟，我的好弟弟，姐姐又被人欺负了，快来相助呀。请你像当年那样，抡起你的铁拳，将这个狗男人打得头破血流、牙齿脱落，再扯下烂女人的头发，狠狠踹她的屁股。嘭！嘭！嘭！对，就这样，痛快极了！去死吧！我往地上啐了一口唾沫，狠狠骂出声来。

　　"啪——"一束鲜花，重重落在我的脚边。

明白人

他做什么事情都想搞个明白。为此，没少与老伴儿争吵。

一天，老伴儿在家挂了一个匾：难得糊涂。

难得糊涂，也得在搞明白的基础上装作糊涂。不搞明白，人和动物还有什么区别？他将匾摘下来，呼呼喘着气。

在坐公交车去医院途中，他看到站在旁边的一位年轻女子打了个趔趄。他上下打量她一番，问："你有病吗？"

"你才有病。"女子白他一眼。

"你怀孕了吗？"

"神经病。"女子脸一暗，站到别处去了。

车厢里发出一阵暧昧的笑声。"花老头子。"有人轻轻地说。

"糊涂。"他盯着车窗上"请给老弱病残孕让座"的一行字，心里骂道。

到了医院，他指着医生递来的龙飞凤舞的中医处方，请医生告诉他处方上的字。医生说："你不明白没关系，药剂师明白。"

"我是病人，难道不应该明白处方上的字？"

医生皱着眉头，再抄一遍处方。

他看着药剂师每抓出一味药，称好，随手分成七份。

"怎么不逐份称量？"他问。

"差不了多少，再说总量不变。"药剂师头也不抬。

"那为什么要分成七份？三份四份五份六份也可以。"

药剂师只好逐份称量。等药剂师最后要包扎起来时，他说："哎，等一等……"

"你这个人真多事。"排队取药的几个人都一起指责他。

他对着处方，在药柜上的一包中药里辨认着："艾叶、生地黄、黄芩、炒白术……"

"你想干什么？"药剂师不耐烦了。

丹参呢？

药剂师的脸，忽然变得像丹参一样红。

重新认识丈夫

直到他死后，我才意识到，自己曾有一个多么完美的丈夫。我不知该伤心，还是该高兴？

丈夫是上班时突发心肌梗塞而亡。当我突然接到噩耗时，第一个念头就是，我谋杀了丈夫。前一天晚上，我们通宵未眠，吵得比以往任何时候还要激烈。离婚，这个被重复了上百次的烂词，又被彼此无足轻重地提了一次。我们又走进了那个迷宫，一时难以返回。我骂了他祖宗十八代，善良的他只骂了我祖宗三代。当初，我被他的假学历迷了眼——谁知道，他会用耀眼的假学历骗我。其实，我也知道，对于生活来说，学历一点用处也没有。只是，我常拿它说事，它像一个黑洞，消解了我对他的信任。

第二天，他摇摇晃晃走出家门。对着他的背影，我余气未消，暗暗咒骂道：去死吧。

天地良心，这其实是我的一时气话。想不到，过了一个小时，他真的死了。

公司雪白空旷的墙上，挂着丈夫的照片。他成了公司的骄傲和榜样。在追悼会上，公司领导作了权威性的发言：他为公司日夜操劳，殚精竭虑，献出了年轻而宝贵的生命；他服从领导，团结同事，先人后己；他的热情融化了冬天的坚冰，他的品德万古长青，他的精神彪炳千秋……

听着听着，我先是吃惊，再是敬佩，羞愧。我是一个无能而失败的妻子，为没能了解这样一位优秀的丈夫而羞愧。这甚至让我怀疑那个黑洞的存在。

　　不管如何，我还是得重新认识自己的丈夫。

我们换一张床好吗

"我们换一张床吧。"半夜里，她突然坐起来，对着熟睡的他说。

肚子里，一阵轻微的蠕动，像一只小手，安抚着她。

她走到客厅，从手提包里取出那张预约手术通知和化验单，哆嗦着。肚子猛地一阵痉挛。

一个月前的夜晚，她提前结束远方的培训，事先没有告诉他，想给他一个惊喜。

钥匙插进门锁，打不开。门反锁着。她拿起手机，寂静中，传来懒洋洋的声音。

门终于开了，一个抱着琵琶的姑娘，乱着头发，掩面而出。

"刚结束琵琶培训课。"他的脸一红，解释。

她的心，瞬间坠入海底。

她发疯般扔掉了床上用品，用香水洒遍家里的角角落落，当然，重点是卧室及床。

浓郁的香味，可以使人升上天堂，也可以坠入地狱。

他打开窗，像一条岸上的鱼。

香水还是抹不去若有若无的气息。那张床，像黑暗中的一个大坑，她在那里，夜夜摔得鼻青脸肿。

她深感恶心。多少个夜晚，她摸黑趴在马桶边，呕吐不止。

"该死的，怀孕了。"在医院里，她盯着那张化验单，惊得像被人打了一下闷棍。结婚7年，孩子盼了6年，偏偏这个节点，怀孕了。

"对不起，宝宝。"她抚摸着肚子，靠着客厅的墙壁，茫然地望着窗外昏暗的月亮。

肚子里，又一阵悸动。比刚才更有力。"宝宝，这是你的脚丫吗？"此刻，她如搁浅的小舟，无助，迷茫。

客厅亮起了柔和的灯光。一双手，颤抖着搂住了她的肩膀。"对不起，我们换一张床好吗？"他重复着她的话。

她那隐含许久的泪，终于喷薄而出。悄悄地将那张预约手术通知揉作一团。

坠入爱河

他坠入这场爱河，已经多年了。

那天深夜，他打开电视，随意切换着频道。当换到某个频道时，看到一位女主播正主持着某个节目，说不清当时是为她的外貌、气质，还是为她的嗓音所吸引，反正，他在瞬间爱上了她。从此，他追随着女主播的档期，从不延误。

他不知道女主播的姓名、年龄、籍贯，更不知她的出身、个性、爱好，他不想试图去了解更多。他告诫自己，爱情如此神圣，一旦爱上，就要用心呵护。

他闭上眼睛，就是女主播千篇一律正面的坐姿和字正腔圆的声音，他试图丰富她的立体形象。一天早上，他发现居所对面的阳台上，晃动着一个女人的背影。他的心一动，于是，他爱上了这个背影。他把这个背影按在女主播的身上，现在，她不但有正面的形象，还有后面的形象。所有的事正往好的方面发展，这一点，令他愉悦。

有一次，他看见街上一个女人与别人吵架。他停下脚步，凝视着这个女人。她不仅会哭，会笑，会骂，还会握拳头，踢人，擦鼻涕，真是有声有色有动作。这也是必要的，这个女人的动作也让他爱慕不已。他将这些元素又安在了女主播身上。

回到家中，他立即打开电视，凝望女主播的眼神更加炽热。随着女主播形象的不断丰满，他对她的爱情也更进一层。这样的爱情多么美妙。

好学校

　　这位著名的女士在她生命的最后日子里，常露出满意的笑容。她很想分享自己成功的秘诀：适时选择了几所好学校，顺利毕业或肄业。

　　当她还是一位姑娘时，她爱上了一位飞行员。飞行员带着她，在高空中飞翔。飞翔中，她俯视着脚下的土地和人们，发现眼前的世界多么宽阔。就在那一瞬间，她的心胸开阔了，她不再像以前一般，为一桩鸡毛小事耿耿于怀，愁眉苦脸。那位飞行员除了飞行，不愿意说话，他们的沟通多在天上进行。

　　她对飞行员说了声 bye bye，恋上了一位微雕艺术家。她让微雕艺术家在她的无数根头发上进行雕刻。她跟着他学习雕刻。微雕艺术家先教她学习砖雕。雕刻的内容是各种行星、恒星和山川河流。微雕艺术家雕刻得精妙，也爱说话，但说起话来像抽不完的丝，有点娘娘腔。

　　出于对美食的渴望，她来到一位厨师身边。厨师将美食的色香味发挥到极致。在那个陌生的领域里，她一如从前，虚心好学，后来成为一名出色的美食家和厨师。其间，她抽空在各个领域里进行了多次进修，当然有所获，在此忽略不计。

　　现在的她，非常满足。男人真是一所好学校，在这样一所所好学校里不停地锻造，想不成功也难。

草莓

渴了。汽车堵在路边，已经好久。在这个城乡结合的地带，好多人拎着小塑料篮，兜售着草莓。

他从车窗里递出钱，买了一篮草莓，抓起一个，往嘴里送。瞬间，车厢里飘浮起草莓的味道。

"好吃，你怎么不吃？"他说。

我挑一个又大又红的，送入口中。其实，我一直不喜欢酸甜混合的草莓味，可他喜欢。

车厢里，回响起我们曾经百听不厌的乡村音乐，好像我们还是懵懂而不知困难、痛苦为何物的少年，好像我们回到了当年向往城市生活的时光。那时候，城市对于我们来说，是永不暗淡的夜色，是数不清的工作机会，是自己会找上门来的财富。

手机响了。是曾经询问过的按揭买房的那个电话。

车子终于动了起来。一篮子的草莓，已经吃完了，而我竟然吃了大半。

"不怕酸了？"他笑着问。

"甜中带一点酸，也好。"

趁红灯停下的间隙，他轻轻地吻了吻我，是那又酸又甜的滋味。

理发

　　我正在理发，店里进来一位穿红风衣的女人，栗色长发，头顶间杂白丝。

　　理发师手里的活没有影响她及时的招呼："阿姐，有些日子没来焗油了。"

　　"是啊，老太婆今早走了，否则哪有兴趣？"

　　我轻轻一抖。她的声音有些尖利，令人想起划玻璃的声音。理发师散下几缕发丝，一缕好闻的气息落在我的脸颊上。

　　透过理发镜，我看见店里前后又进来两位，一位穿着黑棉袄，60岁上下，阴着脸，抬头望着门外沉思。一位穿着家居服，30余岁模样，东瞅西望，屁股像装了弹簧，坐下站起，站起坐下。

　　"农村老太婆就是麻烦。居然自作主张辞掉了我请的钟点工，自己却打扫不干净。做的菜又咸又熟，倒人胃口，还怪菜不新鲜。"红风衣翘着鲜红的兰花指，抚弄着头发。

　　理发师不停手中的活："毕竟是婆婆，日子长了就习惯了。"

　　"说得轻巧。我真羡慕你没有婆婆，能和亲妈住在一起，没丈夫也无所谓。我儿子花钱补习英语来不及，她却偷偷教他学她的家乡土话。我说儿子以后又不到那里生活，她说连家乡话也不会讲学什么外国话？丈夫说，是呀是呀。哼，我和他们吵了一架。"

　　我的眉头紧皱。理发师放低摇椅，用手端正了我的头，剃刀轻吻着我的头发。这是我要的感觉。

黑棉袄开口道："你婆婆说得也有道理。"

"人往高处走，她儿子为什么要到城里来？老太婆仗着拆迁补偿的那些钱，可稀奇了，动不动就与我作对，我可不吃这一套。"

家居服也来凑热闹："你可要好好对待你婆婆。拆迁款少则几十万，多则上百万呢。"

"上百万也没什么稀奇，农村的房子、土地都没了，泥土也没得吃了，今后还不是要吃我们的。"

"要是我，钱给自己多留一点，有钱还怕别人？"黑棉袄说。

"嘴巴好听一点！关你屁事。"那划玻璃般的声音更刺耳了。

"我就是看不惯又要老人钱财，又没良心的。"黑棉袄站了起来。

理发师对黑棉袄说："阿姨，别生气了，大家说着玩。"

"不剪了。"黑棉袄走了出去。

本想看一场好戏的家居服失望地叹口气，也出去了。

理发师说："阿姐，这位阿姨与儿媳三天两头吵架哩。"

"不吵才怪呢。"红风衣也走了。

理发师叹口气，像是自言自语："我的亲妈早没了，她以为我的婆婆是我亲妈。"

我一惊，继而又一热，这是几年来我听到的最暖心的话。我有一种想握住她的手的冲动。

那是去年冬天的事了。当时我四处漂泊，不知身寄何处。就在那一天，我决定摆脱以前的生活，摆脱那个女人的眼泪和罪戾，要在这个城市开启新的生活。

追梦

下了飞机，她顺利地坐上前来接她的别克车，向那个地方驰去。

那里的变化可真大。大片的田野上立起了一家家工厂、一幢幢楼房，弯弯曲曲的小路难觅痕迹，倒是在工厂和民居旁，出现了一条宽阔的公路。幸亏在公路的尽头，那条小河和青青的山坡还在。

竭力想忘掉那个地方，却常常梦见它。事实上，越想忘掉的东西，越植入骨髓。

20岁那年正月，父母给她定了亲，他是同村的一个帅小伙。她和他，在双方父母的安排下，吃了两餐饭，一餐在她家，一餐在他家。对于他，她既不欢喜，也不讨厌。母亲说："女人么，是打转转的碾子，生养孩子，操持家务，这是女人活着的意义。"

如果没有另一个他的出现，再过半年，她就成为一个碾子。

那天，她划着船，摘着菱角，不时与野鸭嬉戏。下了船，岸边一个陌生的男子支着画架，冲她一笑："姑娘，别介意，我在作画。"

一瞧，真是自己。有那么美么？望着自己湿漉漉的衣裙，不禁脸红。

他邀她坐在坡上刚搭的帐篷边，问她这里的风土人情。

几天后，她从画家的口中，知道了远方、梦想，知道了还有碾子外的天地。她拿起他的画笔，画几下，说，她做过碾子外的梦。他认真地说，不错，线条感强，有天赋，应该去学画。

她提出要跟画家去学画。帅小伙与她解除了婚约。她揉着挨过父亲的巴掌的脸，在母亲的哭骂声中，如风筝般飘走。

画家为她安排了学画的学校，她的天赋、勤奋，成为画家的骄傲。最终，她与画家不辞而别，到另一个城市，改名换姓，边打工，边学画。

平生第一次接到家乡的邀请。心如捣槌。去吧，父母已故，当年离开时又如此狼狈，平添伤情。不去吧，家乡的人事，30年来，时时萦怀，他……还好吗？

车子继续飞奔，在一座豪华的酒店门口停下。当地的几位领导早等候在门口。宣传部长握着她的手，愣住了："是你……真没想到，你成为了著名的画家。"

她红着脸，抽出手，轻轻地叹了口气："对不起……其实，当年我只是不想做一个碾子。"

错误的决定

整整 30 多个小时，丈夫坐立不安。他的手机不见了。

同上个晚上一样，半夜里，他又发出梦魇般的惊叫。

又做噩梦啦？

我说梦话了吗？他一把抓过床边的餐巾纸，擦拭额头上的虚汗。

我没有回答。

他走出黑暗的卧室，好久未归。有些微的声音从阳台传来。

刺鼻的烟味扑面而来。在朦胧的月色下，吸烟的那个人，显得那么的陌生。

我不知怎样开口，顿了顿，说：不就是一部破手机吗，买个新的就是了。

他说：客户及订货的信息在里面，丢了它，生意会受到影响。

这个问题，倒是我没想到的。犹豫一下，我将手伸进口袋，拿出东西，放在他的手里。

你这个险恶的女人，原来是你！他先是一愣，一改往日斯文，像一条被激怒的狗，跳起来，用手指着我的鼻子，破口大骂。

我……手机……被红的狗叼走，摔破，才修好。我语无伦次。

他根本没听我的解释，摔门而去。

前天晚上，我俩在我闺蜜红家聚餐，中途，他的手机不见了，屋里屋外，大家找了个遍，还是没有。打手机，通了，却没听见声响——他说，之前他将手机设为静音了。今晚，闺蜜约我见了面，将手机给了我，意味深长地说：想一想，再决定是否给他。

屏幕上有着刺眼的光亮，跳出"输入密码"的字样。他生日，我生日，孩子生日，家里电话，结婚纪念日，全不是。突然，一个伤痕累累的日期跳出眼前，一试，竟然成功了。

我现在后悔的是，为何要破译手机的密码，为何不听红的建议。

我是谁

厨房里，传来丈夫的一声尖叫。他高竖着流血的食指，冲到客厅。

我不慌不忙地从抽屉里拿出一只创可贴给他，继续擦桌。他将创可贴撕开，贴在手上，嘟哝一句："你可真冷酷。"

出门途中，遇见朋友娟。娟的表姐是我的邻居，一直夸我对邻居的事情总是有求必应，帮了很多忙。分别时，娟拥抱着我："你真是个热心肠的人。"

我去母亲那儿坐一会，母亲唠叨了许久，她最后的唠叨是："别太操心了，看你这几年老得那么快，快成老太婆了。"

过几天，一位同学来访，一见面便惊叹："呵，多年不见，你怎么还是那么年轻、漂亮。"然后打电话约几个同学晚上小聚。我推托有事，同学大眼一瞪："你是我们的开心果，你不来，我们乐不起来。"

我是谁？回家问女儿，她说："你不就是个严肃、无趣的人么。"

白云或山岚

"哦，是的，警察，是我报的警。我害怕极了，我的心要从胸腔里跳出来了。"

"他好好地在我前面，就这样走着，突然拐了个弯……是的，之前没有任何预兆，也没有打过一声招呼。"

"他一眨眼间离开了栈道，等我看见时，就像一只燕子不停地往下飞，真不像一贯拖拖拉拉的作风。这位阿姐，请告诉警察，你是亲眼看见该死的……哦，我的丈夫，突然改变方向，跳下悬崖……哦，不要说你没注意，你就在我的后面，怎么会没看见？你说了，警察又不会说是你推下去的。"

"我真的不知道他为什么要这样做。也许他瞬间产生了幻觉，就像有一天半夜，我还在睡梦中，他突然抓住我，像不认识我一样，朝我胸口挥来一拳。你问我他有没有喝醉酒，哦，是的，他喝了。喝多少？谁知道呢，他喝他的酒，我吃我的饭，我吃多少饭，他也不知道。"

"你问我，出事时，我在想什么？今天我的心情很好，当然，不好的话也不会来走悬崖栈道了。当时我在看山间不知是白云还是山岚的东西。白云或者山岚在半山腰聚集着，彼此挤着彼此，彼此压着彼此，起了风，散一下，飘一下，慢慢地，又聚集到一块了。不知它们在想些什么？也许它们想逃离？我觉得要是自己是一朵白云或山岚，就好了，只要有风。风有轻，也有猛，总有一天，会甩掉重负，解脱出来。"

"哦，你说，你的同事找到了他，脑袋摔破了……该死的，真可怜！哦，人没摔死，真……"她咽下去的是：真他妈的经摔！

气味

她闻到一种气味，又腥，又臭，正想快速逃离。一惊，醒了。

室外的光线，透过厚厚的窗帘，朦胧地洒在卧室的各个角落。

她的目光，从新房雕花的天花板、菊形的壁纸、百合花的被子，游弋到他的脸上。

他面对着她，侧卧着。棱角分明的脸，高挺的鼻，白皙的皮肤，依然令她着迷。她凝视着熟睡的他，甜甜地笑了。

"亲爱的，我太幸福了。"她轻轻掀开被子，将吻落在他的胸上。突然，一股难闻的气味，像一只无形的爪子，向她袭来。

一时，她分不清是在梦里还是梦外，惊慌地向他臂弯靠去，本想让他遮挡那种气味，却闻到了更浓的气味。隐约间，想起多年前的一个晚上，她踩到了一只腐烂的猫尸，那惊魂的一瞬，有时还像噩梦般缠着她。她凝视着那张熟悉的脸，突然生出一种陌生感。她想不明白，以前，他身上弥漫的淡淡的麝香到哪里去了？

她离开被窝，来到卫生间，洗了把脸后，大口大口地吸气。

"亲爱的，你在哪里呢？"卧室里，传来磁性的声音。她一想到那种气味，浑身打颤。

"怎么了，你？"他和那种气味，同时来到了她的面前。

她努力张开嘴，一笑，离开了卫生间。

她打开卧室的窗户，风吹了进来。

他来了，带着她往日熟悉而痴迷的麝香，关了窗户，张开双臂，拥她入怀。

　　麝香没有完全盖住那种气味。她只得以幸福的模样，屏住呼吸，在铜墙铁壁般的怀抱中，闭上眼睛。

野果

我摘了一枚红野果塞进口中。

好甜——没等甜字说出口，苦味接踵而来。我皱了皱眉，一口吐了出来，像鲜红的血。

稍加迟疑，我摘了一枚黄野果。一样的甜，在嘴里停留了几秒钟，咽下，不料，一缕涩味从喉间涌出。我干呕了一阵。

要不要再来一枚紫野果？我的心怦怦地跳。

我饿着醒来，四处寻找吃的东西。看到桌上有一只苹果，皱成一团。换作平常，我绝不会吃这只苹果。我小心地咬了一口，干巴巴的果肉，一种腐烂的味道。我已经忘了是什么时候买的，也懒得扔掉。

我撒开双腿，跑到山上。我记得，山径的岔道上，有一丛丛艳丽的野果，鲜红、娇黄、蓝紫，闪烁着荧光般的光泽，令人陶醉。它们一定美味无比。每当我感到无聊的时候，常常想起很久以前迷路时见过的那些野果。

一个男人，正摘着紫果，他的嘴上、手上染成了紫色。见到我，他伸出紫色的手，将一只紫果往我嘴里塞。

不。我突然害怕起来，转身就跑。

别跑，紫果很甜。他在后面追。

我越逃越快，想摆脱一只会跑的野果。砰。我被山石绊了一跤。

啊。

你怎么啦。丈夫的声音，不急不缓。

我想吃……苹果。我躺在床上，汗流如滴。

寻找雪山

在我们这片平原区，雪山是一个传奇。每个人一出生，就会被告知，你必须去寻找雪山。雪山也许会给人以智慧和好运，也许不会。

没有人知道雪山的确切位置。人们只知道，雪山在平原以北一千公里周围，没有任何标识。

春天，我和丈夫、诗人夫妇、画家夫妇、摄影师夫妇等数十人相约徒步而行。三天后，大约行走了一百五十公里，丈夫揉着红肿的双脚说，我走不动了。

我说，我扶你走。

他摇摇头，说，我们就此别过吧。

我很难受，但既已上路，就不想回头。

第二天，摄影师的妻子也不见了。

接下去的日子里，有更多的同伴退出，也有好些新面孔加入。摄影师多了一个女伴。我也先后有了几个男伴，因对行走方向、速度等不同的见解，最终都分手了。

一天雪后，天地间一片洁白。我们迷失了方向。在白茫茫的山谷里，我们对接下来的行走方向产生了分歧：诗人夫妇想朝西，画家和一个姑娘一心向南，画家妻子和一位作曲家坚持西北，我和摄影师决心往东。谁也说服不了谁。只能各行其道。

我和摄影师翻过一座铺满雪花的小山，前面出现了无数座山，有高有低，有大有小。

　　我们在山脚下徘徊。不知如何行走。

　　摄影师指着相机中的一张照片，突然叫道，这就是我心中的雪山，我找到雪山了。

　　我一看，这不是我们刚爬过的那座铺满雪花的小山吗？

　　我望着摄影师远去的背影，心里想着，我们要寻找的到底是什么样的雪山呢？

露易丝寻梦

昨晚，露易丝又做起梦来。

太阳还没升起，露易丝就迫不及待起床，背起简单的行囊，匆匆吃下母亲准备的丰盛早饭，就出发了。

找不到，就回来。母亲叹了一口气，知道拦不住她。

露易丝点点头，欢快地踏上了那条熟悉又陌生的路。

一切都是梦中的情景，沿着那条曲曲折折的山径，左边是悬崖，右边是河流。露易丝边走，边回味着那个令她着迷的梦。

夕阳快要落下时，露易丝又饥又累。一个樵夫挑着柴，迎面走来。露易丝向他打听梦中的城堡、铺满鲜花的小路。

樵夫说：姑娘，哪里有，无尽的森林会让你迷路。

露易丝说：我要找到梦中的城堡，吃点苦不算什么。

樵夫想起自己的那个美梦，暗暗地笑了。等露易丝走过一段路后，他放下柴担，悄悄地跟在她的后面。

结局是：世上少了一个寻梦的露易丝，多了一个能干的樵夫老婆。

琴声

她坐在泛着锃亮黑光的钢琴前，犹豫好久，终于伸手，弹了起来。她一惊，那琴声，怎么像阻塞的流水，生硬，呆滞。不久前，调音师还调过音呢。

他和她都喜欢琴声。以前，一把口琴，两人轮流着吹。一个吹时，一个在哼。小小屋子里，飘出的琴声，让人陶醉。在琴声的伴奏下，他们相爱，结婚，生子。

有一天，他们搬进了宽敞的住房。他说：口琴太寒酸了，我们买一架电子琴吧。

她笑着连连点头。

电子琴声，比口琴声要丰富得多。他们常常并肩合奏。他们的日子，像一只小船，在琴声中，扬帆起航。

等住进了别墅，她对他说：要不，我们买一架钢琴？

他不耐烦地说：这种小事，还用得着问我？

她记不得他是否弹过钢琴，只记得自己也没弹过几次。偌大的家，常常几无声息。她甚至也记不起以前的口琴声、电子琴声。

美足

她有一双无与伦比的美足，起初，只有家人、闺蜜知晓，后来，凡是认识或不认识她的人，都知道了。于是，常有一拨一拨的人闻名前来。

她望着足上那双平凡的鞋子，脸微微发红，咬咬牙，倾尽积蓄打制了一双用水晶、黄金、钻石制成的光灿灿的鞋。

于是，一拨一拨的人继续闻名前来，他们赞叹鞋子，似乎忘记了美足的存在。

忍无可忍的她从鞋中抽出美足，却发现它已经变形。

晚聚

一早醒来，她又盯着床头柜上的电话机发愣。她知道它对她很重要。但重要性在哪里呢？她不知道。

天似乎快下雪了吧？不然，怎会这么冷？她从柜底翻出一件男式羽绒服，套在短袖棉布裙上。鞋架里都是凉鞋，找不到棉鞋，她只好穿着拖鞋（许多年前两只凉鞋断了带，剪成了拖鞋），拎着那只用了几十年的竹篮，出了门。

客厅墙上，黑框里的一位年轻英俊的男人正微笑着看着这一切。

路上，走来一对白发男女，白发女笑着对她说："婶婶，出门呀？"

"今天星期日，两个儿子回家吃饭，我去买菜呢。"她自得地笑答。

"啊？今天是……"白发女瞪大眼睛，白发男碰一下白发女的手臂。

"太好了。"白发女说。

"阿仁喜欢吃带鱼、白蟹，阿孝呢，喜欢红烧牛肉、毛豆肉蒸豆瓣酱……"她说着，白发男女早已不见了踪影。

每隔一周都要来探望一次的阿翠有点意外，晚上7点了，她家里灯火通明，还有笑语阵阵。

她喜吟吟地拉着阿翠到桌边坐下，对两个正吃喝的男人说："阿仁阿孝，你们的姐姐来了。"

十几盘菜肴，在桌上叠了两层。

"姐姐，你好。"两个男人局促地站起来，普通话里有浓浓的异乡口音。他们一高一矮，穿着同样印有搬家公司的汗衫。

阿翠离开桌子，来到厨房，厨房里还有一大堆未烧煮的菜。

高个儿男跟过来了："姐姐，不好意思，你妈在路口站了一下午，遇见我们，硬拖我们来吃饭……"

阿翠用水敷去脸上溢出的泪水，俨然是他们的姐姐："呵，多吃一点，让咱妈高兴。"

她替老人脱下了羽绒服，用毛巾擦去她脸上的汗水，打开手机，拍下桌前的一幕，发到了义工群上。

担忧

　　S 先生总是心存担忧。对于他来说，这世界充满了未知的危险，暗中有人想谋害他。他时刻保持着应有的清醒和戒备。他对于所感应的危险，会迅速调整行为，进行规避。

　　他所在单位的食堂福利不错，中餐是两荤两素一汤加水果。菜是食堂人员早就盛好的，一长溜地排在长柜上，就餐人员排队按顺序去取。一次，轮到他取菜时，他觉察到食堂那个胖妞的笑有些蹊跷，他不由得警惕起来，取了离他较远的菜。下午他精神恍惚，晚上整夜失眠。连续三天后，他想起那个蹊跷的笑，第四天开始，他放弃食堂福利，在家里用餐。

　　他讲了缘由，妻子绷着脸没说一句话。饭后，他从洗手间出来，看见妻子捂着嘴像是在暗笑。他十分恼火，想起前几天妻子与 A 在路边鬼鬼祟祟说着话，恰好被他撞见。莫非他们有一腿？就此推断，在饭菜里搞小动作的事应与他们有关。这个骚货。于是，临吃饭前，有时他会突然调换两人的饭碗。这还不行，药应该下在菜里吧？于是，她吃什么，他也吃什么。要是在同一盆菜的某个位置做了手脚呢？于是，他随身带了特效解毒药，如二巯基丙磺酸钠、二硫基丙醇、胆碱酯酶复活剂等。

　　一次，他在公园散步，一位头发散乱的男子冲他飞奔而来，他赶紧避让，却撞在树上，鼻青脸肿，差点昏过去。他赶紧打的回家，关紧门窗，大气也不敢喘一下。他认为是有人谋杀他不成。他将此事告诉他的儿子，他对儿子的大笑感到十分恼怒。

他听说离市区东一百公里的汾市有专治头昏失眠的专家门诊。单位放假时，他告诉妻子去桂林旅游，却在车站买了张去汾市的车票。不料遇到本单位同事 C 也去汾市。他临时跳上了开往位于市区西 70 公里滇市的汽车。

回来的路上，他乘的汽车与一位骑电瓶车的人相撞。好像死了人。许多人下去了，他迟迟不下去。等到驾驶员告知另有汽车来接他们时，他才不安地下去。接他们的车还没来。他看到汽车旁围着一圈人，他钻到前面去，看到躺在地上的那个人已血肉模糊，一动不动，急救车刚赶到，白大褂们将不幸者抬上了担架。地上的血还没凝结，一群苍蝇、蚊子对着血欢歌飞舞。他闭着眼睛想象着，自己就是这摊血的主人。又害怕又兴奋。他不知道到底是汽车撞人，还是人撞汽车，但他更倾向于后者。他想马上回家，赶快将此事告诉妻子、儿子，甚至告诉不太往来的邻居。

往后的几天，他一直不敢外出。刚出去一会儿，便发现抽屉里银行卡叠放的顺序颠倒了过来。他掀开床垫，拿起宝剑，朝床底下乱挥，再弯下去看，没有发现人。推开衣橱，检查桌底……

喵——窗外一只黑影一闪而过，他猛地一个寒战。

替身

说时迟，那时快，当追兵赶到的刹那，剑客毫不犹豫地从悬崖上一跃而下……

"很好，所有的镜头一次通过。"等 B 从悬崖下爬上来时，导演第一次认真端详了嘴角上未擦净血迹的他。

B 羞涩一笑，低下了头。在这部电视剧中，自己是当红影星 A 的替身。自从 5 年前他在省武术大赛上取得佳绩被导演看中后，从此在影视中替人上刀山下火海，飞檐走壁，虽然名不见经传，他还是乐在其中。

怎么？A 还是不肯来？导演大为恼火。第 8 天了，A 以感冒没好为借口仍未到场，实际上是要增加片酬。时间不等人，电视剧杀青迟一天，就要损失大把的金钱。

要不，我再做替身试试？

也好，试试看。导演给他讲了故事情节。

瞬间，B 跪在乱石上，一会儿声泪俱下，一会儿狂笑不止，等到导演叫声"停"时，所有的人才回过神来，目不转睛地盯着他。

导演握住他的手，说，从今后，你只做你自己的替身吧。

无与伦比的父亲

"你该去做菜了，照菜谱。"中午时分，父亲吩咐道。

"好。"母亲说。

"哈哈，今天的太阳像大海。"父亲大声说。

"真像。"我说。

"颜色、温度、形状，都不像呀？"我那新婚的妻子十分迷惑。

父亲闭着嘴，瞪了她一眼。

"爸爸怎么这样？"晚上，妻子将头靠在我的身上，边提出疑问。

"你只要听爸爸的就行了。"

"不对也听吗？"

"亲爱的，他是一位伟大的父亲。"

半夜里，在卫生间门口碰见父亲。他冷冷地对我说："明天起，让她当家。"

"这……"

母子

"妈妈，我做的模型飞机能飞两分钟呢。"
"哎，要是不掉下来就好了。"

"妈妈，我考了班级第一！"
"哎，要是考上年段第一就好了。"

"妈妈，教练说我游泳棒极了！"
"哎，你也不可能成为菲鱼。"

"妈妈，要是你是居里夫人就好了。"
"……"

冰糖葫芦

　　她盘腿坐在半旧的藤椅上，握着手机，狂刷着朋友圈。在一个群上，有人因为减肥不当，患了厌食症，她求助了许多朋友后，将打听来的办法贴在群上，获得一片掌声和鲜花。

　　累了，她换个坐姿，打起了瞌睡。

　　"老板娘，买包烟。"

　　不知过了多久，她睁开眼。一位男人站在柜台边，手指轻敲柜面。

　　她拿了一包烟给他，收了他的钱。

　　"前面有一个孩子被车撞了，车逃走了。"他说。

　　"撞得怎么样？"她给他找了零钱。

　　"估计死了。"他走了。

　　她走到杂货店后半间的隔门，听里面没动静。想必女儿还在午睡。

　　走出杂货店，小巷对面的马路上仍显冷清，她听到从那边过来的一对男女在轻声对话：

　　"那么小的孩子，大人也不管。"

　　"这么多人看热闹，却没人送孩子上医院。"

　　"万一被人家赖上，不是自讨苦吃。"

　　……

　　她来到了那条马路，看到路的另一边有个绿点，像一只绿蝶，无声贴在地面上。在她凝视的几秒钟里，绿蝶似乎轻轻地颤动了一下。

她慌忙收回眼光，感觉一只脚踩到了什么。低头，是一串碎了的冰糖葫芦。那是女儿爱吃的美食。就在昨晚，在去学钢琴的路上，女儿嚷着要吃冰糖葫芦。她答应上完课再买，课后，冰糖葫芦店已关了门。

冰糖葫芦店就在眼前，她买了一串又红又大的冰糖葫芦，来到了杂货店，轻轻推开隔门。床上的童毯尚未叠好，红色的裙子掉在地上。这孩子，穿着那件绿睡衣跑哪去了？

突然，她吓出一身冷汗，发疯般冲出店门。

错过

月色中的旧城堡，神秘，寂静。

据说，在这座城里，一年中，只有今晚亥时，旧城堡上的月色最清、最美，如果对着月亮唱一首歌，祈祷十分灵验。

他在家里，左手的杯子与右手的杯子，碰了一杯又一杯。窗外的半个月亮，正悄悄爬上树梢。突然，他想起了这个传说。不知道该不该信，权当信它一次吧。他已错过了一年又一年，不想再错过今年。他提着尚未喝完的那瓶酒，来到旧城堡，蜷缩在东墙下，边等待，边喝酒。

下夜班后，她直接坐在西墙的一角。今天发了工资，难得买一瓶好酒。夜风带着冷意，月亮越升越高。她抚摸着受伤的手腕，喝酒取暖。她披一件月华织就的纱衣，唱起了那首只为自己而唱的歌。

月光皎洁，风儿轻吟。突然，她听到另一个声音，唱着同一首歌。两个声音好似两缕轻烟，汇成一缕，飘向月宫。

必是幻想吧。在这个城市里，还有这样的一个人？她这样想着。他也这样想着。

亥时已过，她从西头离开了这里，他从东头离开了这里。

棺材

他家有一具上好的棺材，祖传的。

棺材是厚厚的整块油杉板做成的。听人说，这油杉是濒危树种，像它这样大的油杉，发现一棵都要挂牌一棵。棺材的做工也特别精细，还雕了花。

常有周边村落的老木匠和老人来他家观摩，一些老人嘴里啧啧地响着，眼里满是羡慕。也有收藏家高价来收购。他说：什么价也不卖。

他爷爷当年被人踢死，死得比兔毛还轻，他家怎么敢用这具棺木盛一根兔毛呢？

他父亲病死时，治病花光了家里所有的积蓄，棺木是家里唯一像样的东西，父亲说，用一块薄板盛他已够奢侈了。

昨天，有人来通知，为了移风易俗，推广火葬，三天内村民必须将家里的棺材交出来，集中在晒场上，就地销毁。

他与儿子一起将棺材内的东西清理出来。这就抬到晒场去吗？儿子犹豫着问。

先放在我的房间，明天早上再抬吧。

第二天一早，儿子来抬棺材的时候，发现父亲全身焕然一新，直挺挺躺在棺材中……

家人为他举行了隆重的葬礼。村人说，啧啧，他真是好福气。

一位艺术家闻讯前来录像，许多年后成为非遗珍贵的资料。

坟墓

起风了。窗外，树上的树叶，在空中翻飞几下，悄然飞落，落在树下的泥土中。

望着床上气息幽微的父亲，我知道，父亲也许熬不过这个冬天了。

做坟墓，已是刻不容缓的事了。

我不知道，父亲的坟墓该建在哪里？之前，父亲从未与我交流过这个话题。即使在他知道自己的病情后，也从未吭过一声。仿佛，他在逃避着什么。

父亲做梦也在念叨着他的故乡，虽然，已好多年不曾回去了。依着童年时朦胧的记忆，我来到父亲的村庄。一位倚着老屋门框的老人，看着我，喃喃地说："土伦终于要回家啰。"

老人是父亲的堂兄。他带我爬到村后的半山腰。那是一块很大的墓地，密密麻麻的坟墓，像一间间古老的房子，成为先人的村庄。老人指着其中的一小块空地，说："喏，你父亲的坟，可以建在这里。"

老人叫来了几位师傅建墓。一位石匠问："墓碑上要刻墓志铭吗？"

我想了想："刻上吧。"

我起草了墓志铭，我将能想起来关于父亲与村庄的关系，化成了铭文。

回到家，妻子说："那个村庄，千里迢迢，去一趟太不容易了，还是在城里建个坟墓吧。"

妻子说得很有道理。毕竟，父亲的大半辈子都在城里，朋友、同事也在这里。

很快，我在城里的陵园为父亲相中了一块墓地。墓碑上刻上了父亲的职位、取得的成就及与这个城市的关系。与另一处完全不同。好像是两个人。

只是，我不敢擅自决定，之后，哪一个才是父亲的归处？

我不得不问父亲。父亲半闭着眼，过了良久，说：一分为二吧。

慈善家

他是个有名的慈善家和企业家，今天的报纸上，又刊登了他乐善好施的行为，以至于这家默默经营十四年的针织厂，这两年起死回生，生意盈门。他握着报纸，笑了。

一辆破旧的皮卡车，已停在厂门口，车厢内洒落着几处暗红色的污痕。厂内檐顺上打瞌睡的狗突然睁开眼睛，望着皮卡车，不，是皮卡车上可疑的污痕呜咽起来。十四年来，这条身高力壮的狗一直是厂里尽职的保安。那年，两个小偷越墙而入，一个未及站稳已被狗制服，另一个拿出水果刀扑向他，被狗咬伤了手。如果没有狗，后果不堪设想。从此，他对狗比对父母还要尽心，狗也不负所望。去年始，狗开始掉毛，行动变得迟缓，他知道，狗的阳寿将尽。他不得不新招了保安。白天，狗就在笼子里休息，晚上它还在巡逻。

他低着头，轻拍一下狗头，狗正用一双明净的眼睛看着他，伸出舌头舔他的手，司机与保安一起将狗笼抬上车，直往狗肉铺开去。他的口袋里司机给的那叠钱，好像被谁加了温，变得滚烫。

次序

　　婚礼已进行一半，柳先生听见老婆和小姨子的对话后，脸色骤变，将老婆拉到门外偏僻处，严肃地问：你们刚才说的是真的吗？

　　老婆说：事到如今，也不瞒你了，四个月了。

　　柳先生震惊万分。他是个十分讲究次序的人，家里的座位须按长幼次序排列，不得乱坐，用餐者也按此次序端起饭碗，平时衣服须按上衣下裤的次序叠放。结婚是人生的大事，更不可乱了次序，惹人笑话。

　　他责怪老婆：你这个做妈的难道不知先婚后孕的次序吗？为什么事先不告诉我？

　　老婆笑了：还不是怕你那该死的次序，孩子反正都要生的嘛。

　　不行，得按次序来。说着，柳先生噔噔噔走上礼台。主持人看着没按次序上台的柳先生，呆了一下，说：新娘的父亲再也捺不住内心的激动，提前上来祝福一对新人……

　　柳先生将主持人往旁边轻轻一推，向台下鞠个躬，双手作揖道：我没按次序，是想做个说明。按预定的次序，小女的婚礼先彩排，后正式举行，今天的彩排到此结束，来宾们吃好喝好，正式婚礼时间、地点再另行通知。

　　宾客们先是哗然，继而纷纷赞叹：如此隆重又如此有次序的婚宴，为平生首次参加。

村里唯一发大财的人

刘岩第一张也是唯一一张银行卡里，有一笔巨款。

"被羁押25年，刘岩获得国家赔偿499万元。"铺天盖地的新闻报道，刘岩成了名人。

27年前的冬夜，刘岩约同村的女友小娟在河塘边见面。刘岩向她求婚。小娟说，你这么懒，连房子也建不起，还结什么婚。他们俩大吵一顿，不欢而散。第二天清早，小娟直挺挺地漂浮在河塘中。

一副手铐铐住了刘岩。

从他被判无期徒刑的那日起，他开始了一次又一次的申诉。25年后，法院终于认定原判证据不足，宣告刘岩无罪。

掘金，盗墓，抢银行，傍富婆……刘岩做过太多的发财梦，唯独没做过坐牢致富的梦。

刘岩成了本村历史上唯一发大财的人。

他将了将花白又稀少的头发说：也好，如果不坐监狱，凭我的本事，怎能发大财？

来碗尿泡牛杂面

她在郊区开了一家面食店，生意还不错。年轻的顾客中，大多爱点酸辣面、炸酱面；中老年顾客，爱吃粉丝牛肉面、大排面、海鲜面。他们对她的厨艺赞不绝口。

只有她知道，她最擅长的还是那碗尿泡牛杂面。配料中，除了上好的牛杂外，还要加入发酵过的牛尿。对于一般人，不用说吃，单听到这种配料，就恶心不已，也只有土生土长的故乡土堡人，才好这一口。

她在店门上，挂了店里的面食品种和单价，在最显眼的位置，写上了尿泡牛杂面。其他面起价十二元，只有这种面，才五元一碗，连一半的成本也不够。曾有几个人，冲着便宜或新奇，只吃一口，就"哇"地吐了一地。

起初，她做的那一碗，只有自己吃。到了第十天，来了几个车夫、搬运工、泥工，哧溜溜地吃个碗底朝天，粗着嗓子叫她"妹子"，说：够味呀，好像又回到了自己家里。汗腥味儿和着那面的气味，飘浮在整个店堂里。

一个月后，这个城市的老乡，几乎都知道了她的面店。

那天，快打烊时，店里只剩她一人，一位白净的中年男子，走进店内，轻轻说：一碗尿泡牛杂面。

她"哦"了一声，又问了一遍，确信没听错。

她看着他，说不出的高兴。这个城市，竟然也有这样体面的人来吃这碗面。

一碗面，端放在桌。

他低下头，回避那双询问的眼睛。

面，很快见空。

她忍不住问：你是老土堡的吗？

他的脸微微一红，摇摇头。

后来，店里再也没出现他的身影。一个月后，倒是有一位清清爽爽的小男孩，隔三岔五，来打包一碗尿泡牛杂面。

问他，谁吃的？知道老土堡吗？

男孩摇摇头，从不回答。

烙印

来，闭上眼，忍一下。

话音刚落，族长从旁人的手里取来烧红的铁印。

嗞。右手臂一阵灼痛。

许多人，挤在村里破旧的祠堂内，围看着烙印仪式。山村偏僻，百年难得出去几个男人。谁在远离山村前的当天，必须要在手臂烙下一枚姓氏的印记，一直以来，这是村里的规矩。

烙毕，族长亲自给我抹上他自制的药膏。

我终于从恐慌中安静下来，松开了紧握的拳头。我曾听说，有人在烙印前，因为害怕，改变了主意。我是胆小的，只不过，比起对新生活的向往，还是咬咬牙，挺了过来。

邻家的小爷，颤巍巍地说：看着你长大，就知道数你最有出息。他边说边流着泪，不知是高兴，还是难受。

不管在什么地方，要行得端，走得正，不要给咱村、咱姓氏抹黑。

我点点头。

到了外面，你也许会跟别人一样，改名叫蟹变（happy），板栗（berry），或者螺蛳（rose）什么的，但千万要记得自己是谁，哪里人。他说。

我的脸红了起来。突然觉得，自己的家乡和姓名也不那么土。

你要记得你的父母，不要忘记他们。

我一个劲地点头。一朵白云正从天际飘过。

走吧，孩子。他望着天空说。

在挪开脚步的同时，我觉得有些沉重。这是我对族长和村人最后的承诺和记忆，此后，十年，二十年，三十年，再也没有见过他们，也没有回去过。当然，臂上的烙印愈来愈淡，直到有一天，了无痕迹。

有一面镜子

婆婆最大的喜好是照镜子。

每当她做完家务，就细致地梳洗一翻，头发梳了又梳，发髻上插一朵花，走进卧室，捧出锁在柜中的一面祖传银镜，上下左右，前前后后，照了又照，像一个温柔无比的女人。公公在世时这样，公公走后也如此。

当她的目光从镜前收回，扫向我时，目光也如镜子般挑剔、高冷。

婆婆年轻、美丽，与她在一起，陌生人常颠倒我俩的身份。我十分窘迫，婆婆却窃喜不已。她是丈夫眼中完美无缺的女人。丈夫常将我与婆婆相比，他的口头禅是：你照照镜子，或者你看看我妈。

我说：那你就将镜子拿来，让我照照。

他知趣地闭了嘴。

婆婆心情好时，我曾几次央求：让我照照镜子。

她笑而不答。我真想将那面镜子敲破。

我等待着。

这一天，终于来了。在婆婆生命的最后一刻，不得不抛下了那面镜子。

我端过镜子，镜子里暗淡的光，突然亮了一下。

我在镜子里，看到一个我不认识的女人。

人情

一早，随意在单位门口，遇见朋友，没寒暄几句，朋友从拎着的袋子中，取出两个苹果给她。红艳艳的红富士苹果，又香又大。随意一手一个，跨入单位大门，恰好遇见明清也进来，就将另一只递给她。

明清满脸通红，连连摆手，说：无功不受禄，无功不受禄。

随意说：明清老师，说得那么隆重，只是一只苹果呀。说完，硬塞在明清手中。

明清拿着苹果，杵在那里，追也不是，还也不是，好生烦恼。她打心里不喜欢随意的举动。她也知道，随意这样做，对她应该没有什么要求或想法，毕竟只是一个苹果，又不是特意买来送她的。只是，这个上班才几个月的姑娘，让她又欠下了一笔人情债。

明清走进自己的办公室，拉开抽屉，拿出笔记本，用黑笔认真记下了这笔账。笔记本中，一片密密麻麻，字迹有黑有红。

中午，明清匆匆吃了饭，拿着苹果，走进一家又一家的水果店。每到一家，就拿出这只苹果，询问这种红富士的价格。水果店不同，价格也有所不同。她一一记了下来。她在第十二家水果店，求出了苹果的平均价，称了这只苹果的重量，根据平均价算出这只苹果的价格：10.56元——也就是10.56元的人情债。

她决定用另一种水果——梨头还人情。记得上次别人给她一只小苹果，二三元的价，她买了一只大香蕉。也相配。她拿起一只梨头，往电子秤上一放：9.38 元——便宜了些。放下。换一个大的，一称：12.87 元——贵了。再换一个。

当称到第 5 个时，老板娘不耐烦了，没好气地问：到底买，还是不买？

她陪着笑，不好意思地说：我想买一只价格合适的。

这只梨头 10.77 元，比 10.56 元的人情债还高出 0.21 元。正合适。付钱时，老板娘白了她一眼，说：10.70 元吧。

她红着脸，说：谢谢。

上班前几分钟，她赶到单位，满头大汗。她将这只梨头郑重地放在随意的手上。随意惊喜地叫道：哟，好大一只梨头，谢谢啦。办公室的其他同事蒙着嘴偷偷笑了。

明清终于舒了一口气，能及时还上人情债，累点也值得。明清边想着，边用红笔在上午记的黑字边记了一笔。她看到，还有一笔债没有销掉。她会让别人知道，自己是不爱占便宜的人，也不愿欠人情。俗话说，人情逼如债，镬爿掮出卖。欠人情得还，越早还越好，免得越欠越多，一下子还不清。

下班后，明清先到自家二楼放了包，拿起随意给她的苹果，蹬蹬蹬往六楼跑。六楼的刘大姐前几天帮她寄快递，跑了路，十元的快递费又不收，真是难为情。

刘大姐不在。她噔噔噔跑下来，经过四楼时，小姑娘丹丹背着书包从家里出来，亲热地叫道：阿姨好。以前每当丹丹这样叫她时，她有一种想给她糖果吃的冲动，每次身边却没带东西，这次………她用左手摸了摸丹丹的头：今晚是学书法，钢琴，还是围棋？

拉丁舞啦。丹丹边说边奔下楼去。明清看着右手的苹果，犹豫几秒钟，最终没有递出去。

她觉得自己的腿好酸，用手揉了揉，还是晚饭后，再来看看刘大姐在不在吧。然后去买两只橘子，等丹丹回来。

表达方式

想知道自己是老几，就到 G 市去辩论。假如那一天，他没有听到那位败北的辩者说的这句话，一切或许不会改变。

在这个小镇上，再能说会道的，也没人能比得上他。经他之口，除了死人、死猫、死狗等不能复活外，离婚会复婚，仇家成兄弟，打官司定能胜诉。

小镇的广场像是他的办公场所。他常在那里与人辩论。每一个慕名而来的人，都可以看到他与对手引经据典，口若悬河的辩论情景。辩论结束，他站在广场的台上，挥手致意，输者心服口服，甘拜下风。

世界那么大，他想去看看。

G 市的街头，繁华耀眼。黄昏时，循着弥漫的香味儿，他来到一家餐馆门前，门额上斗大的五个黑字：恶心狗食店。

他吓了一跳。店主脑子有病？

他的眼光飘向相邻的那家，招牌上画着点心，旁边写着：连吐三次。

他蒙了。两家的店主莫非是孪生兄弟？

好奇心驱使他进入"连吐三次"。里面的顾客，捧着大碗，稀里哗啦正吃得起劲。一位顾客吃完了，抹抹嘴，用满意的表情，做着干呕状，付款。

店主迎上来，对他说：我家的狗食，包你连吐三次。

他问：明明是人吃的，怎么说是狗食呢？

店主惊讶得张开嘴巴，好像面对的是一位脑子有病的人：你……你说自己是人？不是狗？

顾客们抬头，都将目光投向他。

平生第一次，如此尴尬。他逃离"连吐三次"后，再也没有心情吃晚餐。他想找家旅馆住下，偌大的城市，竟找不到一家酒店、旅馆，倒是有好几处狗舍、狗窝，而且富丽堂皇。人们拖着行李，在狗舍或狗窝中，出出进进。待夜幕完全降临，他又饿又累，不得不以狗的身份，进了一家狗窝。

第二天一早，他吃了很多狗食。总不能让自己饿昏吧。他学着别人的样子，不得不对热情的店主说，他感到很可口，不，是很恶心。

G市的广场，熙熙攘攘，正举行着著名的辩论赛。辩论者说话的频率，姿态，仪表，比起他，都差得很远。只是他们的辩论，逻辑混乱，错误百出，他连一句完整的话都听不懂。他没有上台的勇气。

回到小镇后，小镇的广场上，再也找不到他的身影。

罗丝的琴声

　　一听说本周五晚上 A 市举行罗丝专场音乐会的消息，我立即用高于原价两倍的钱买来了门票。尽管是最后一排，也让我欣喜不已。我忐忑着向经理请假，没想到经理一挥手，说："去吧，拍些视频让我分享。"

　　时间紧，只好乘飞机前往。抵达 A 市后，我转乘地铁去剧院。地铁的过道上，有一排海报，海报上罗丝边拉琴边跳舞。围看的人群，是冲着今晚的演出而来吧？罗丝是当红的世界著名小提琴家，谁不想一睹她的风采？

　　悠扬的琴声传来。起初，以为是地铁站的音响。走近 2 号站台，才发现是一位姑娘站在过道上，忘我地拉琴。她是爱拉小提琴的大学生吧？她披着淡黄微卷的长发，穿着普通的灰色卫衣。成千上万的人，从她身边匆匆而过。

　　到了剧院，一袭华服的罗丝一亮相，就引起了轰动。罗丝琴声美妙，舞姿也棒，观众为之倾倒。粉丝们纷纷上台，献花，拍照。保安不得不进行干预。想起经理的嘱咐，我猫着腰，挤到台前。璀璨的灯光下，罗丝的脸银光闪闪，淡黄微卷的长发，恰似一丝丝金线，发出迷人的光芒。

　　谢幕后，人潮已退，我在后台出口处守候，期待与罗丝合影留念。许久，一行人出来，走在最后的罗丝扶着一位姑娘。那姑娘，穿着普通的灰色卫衣，右手臂吊着绷带。绷带上，隐约盛开着鲜艳的红。"姐，今晚没让你失望吧？"罗丝问"灰色卫衣"。

　　只听见，"灰色卫衣"发出一声长长的叹息。

望星星

我家住在竹林包围的木屋里。竹林外面是大片的森林。

爸爸说，森林东边有一条像银河那样清澈晶亮的河，通向外面的世界。我不知道森林外面的世界是什么模样。

白天，爸爸砍竹，或者侍弄庄稼，妈妈的身影围着灶头、猪圈转。晚上，爸爸有时将毛竹削成篾片，编竹篮、竹筐、竹筛。妈妈在一旁帮忙。我在星光下做作业，玩耍。

当竹制品堆满小屋时，外面的人会挑着担子收走。他们同时也会带来美丽的发卡、花花绿绿的裙子、千变万化的万花筒。到了晚上，他们会惊讶地说："这里的星星真亮呀，城市的夜晚都要点灯。"

我抬起头，星星发出凝固般的银光，洒满一地。

城里的灯是不是像万花筒那样美？我想拥有灯光灿烂的夜晚。我突然有了自己的理想。

爸爸、妈妈夸我有志气。他们的活儿干得更欢了。

如今，爸爸、妈妈早已不编竹器了，我的小村也不见了。

我住在城里云天般的高楼里，夜夜站在阳台上，用高倍望远镜寻找着遥远的星星。

面具

半夜醒来，脸上奇痒。一摸，脸皮起皱，像一张随意贴敷的面膜。

我担心的事终于发生了。

"你们当初是怎样保证的？"我来到城外医院的地下第十七层，质问医生。

他从标有"十年期"的档案里，调出我的个人档案，用钳子掀起我的脸皮——确切地说是面具，用仪器测试。

"这不是面具的质量问题，是你的情绪脱离了面具的控制，"医生说，"面具与皮肤多少会有一些抗原抗体反应。五年来你一直控制得很好，是不是最近有什么事让你难以承受？"

确实如此。五年前，我使用这张面具后，打败了一个个竞争对手，得到了目前的地位。这张神奇的面具，不但改变了我的容貌、气质，也改变了我的个性和行事方法。譬如，原来想说的话不说了；想做的事不做了；想发怒时平静以待；想吵架时笑脸相迎。我终于成为这个家族最信得过的人。

"父亲退后，我把公司里自己的股份转给弟弟了。"几天前，当丈夫告诉我这一决定时，我像是坠到了万丈深渊。

"多年来，我做得还不好吗？"

"我对那份产业、财产不感兴趣，我知道你也如此。"他边穿上一件黑皮风衣，边漫不经心地说。

"他妈的，你把我当成什么啦？"我的嘴突然不受面具的控制，脱口而出，脸上瞬间涌起火辣辣的灼痛感。

他惊讶地看着我，像打量一位天外来客。

"面具受损严重，修复需要两天。"医生说。

我不得不住院。我在医院的公园里，边散步，边思考着医生提出的问题：是延长面具的使用期限，还是签订终生期限？在月亮的清辉下，绿植浓郁葱茏，瀑布飞珠溅玉，小鸟婉转而歌，一切似真似幻。

我来到走廊中一面立地镜前，一位脸色苍白、似曾相识的女子在镜中茫然地望着我，一袭黑皮风衣从她身后匆匆掠过。

胎教

伴随着产前的阵痛，她辗转反侧，心跳加剧。

医生说，别太担心，做深呼吸，再坚持一下，就不疼了。

能不担心吗？她并非怕疼，她担心的是即将出生的孩子的模样。

为了这个孩子，她备孕五年，将身体的各项指标达到最佳值。怀孕后，她聘请营养师为她精心调配每日的营养餐，学习音乐、书法、雕刻、美术、围棋、柔道、美食……忙得像一只旋转不停的陀螺。

丈夫不解，学这么多干吗？

她说，这就是胎教。

母亲的素养造就孩子的品质。她希望通过努力，让宝宝的脑细胞拥有一项或多项潜在的素质或技巧。

她在家里所有的墙壁上贴上了漂亮宝宝的图片，自己的宝宝不管像哪个，都是最可爱的。

每天睡前，她必听音乐。这些音乐，大多是她最喜欢的猫王的音乐。听着这位能打出全声部高音、无人能敌的世界级歌手，她常常泪流满面。

她有十足的信心产下一个最健康、最聪明、最漂亮的宝宝。这信心像一个花蕾，在日渐隆起的肚子里孕育、膨胀。

一周前，听说闺蜜生了宝宝，她马上跑到医院。一见宝宝，像挨了当头一拳。闺蜜的备孕并不比她落后一点，想不到这个宝宝却如此寻常。

闺蜜欣喜地问：我的宝宝怎么样？

好可爱。她翕动嘴唇，言不由衷。

闺蜜弯着眼，痴痴看着宝宝，傻傻地笑着。

肚子又一阵悸动。她愈加害怕起来。她抚摸着肚子，轻轻地说：宝宝啊，可别辜负了你妈妈。

"咿——呀——"一阵啼哭，忽高忽低，突然响起。

哭声真怪，像一只猫叫。助产士嘀咕着。

啊，那不是猫王的声音吗？世上还有什么比这更美妙的声音吗？

霎时，她泪水盈眶。

门

　　狱警站在囚室的门前，对着里面的 G 训话。在所有的囚犯里，狱警最看不顺眼的就是 G。其他人看到狱警，都低眉顺眼，老实听话，只有 G 高昂着头，像一只打鸣的公鸡，目光中闪烁着挑衅或不屑的神情，让他很不舒服。他不时涌起教训一下因过失杀人的 G 的念头，杀杀他的威风。

　　刚才放风，狱警看到 G 与几个犯人嘀咕着，神神秘秘。他心里闪过一丝不安。年底考核在即，可别在这个时刻出什么岔子。他过去警告 G，千万别有越狱逃跑、不安心服刑的心理……

　　训诫还没结束，狱警突然倒下，横在门边，一动不动。

　　G 从铁门的横挡里伸出手，离狱警还有一个手掌的距离。他急得团团转。冲到一个角落里，找出一块私藏的石头。

　　你不要命了，起码要罪加一等。同室的囚犯阻止道。

　　救命要紧。

　　门锁终于砸开了。石头碎了一地。

　　他来不及抹一下带血的手，对着狱警掐人中，按胸膛。

　　犯人们愣愣地看着他。

　　一队狱警迅速出现在他的面前，其中一位用枪指着他喝道：快进去。

　　哐当，门重重地关上了。

咖啡

　　我酷爱喝咖啡，但近年来日甚一日的失眠实在令我不堪煎熬，精神几近崩溃。今天，我痛下决心，将咖啡机、咖啡豆、咖啡粉以及相关的器皿全送给了朋友。晚上，躺在床上，我庆幸自己的聪明之举，这下终于可以睡个好觉了。我随手翻开一本枕边书，突然，书中的"咖啡"两个字跳到我的眼前，我一下子坐直了身，并迅速起床，在夜雨中驾着车，去寻找一家咖啡店。

保姆

　　家里来了一位家政所力荐的保姆。据介绍，这是一位很有见地的保姆，颇受雇主青睐。我用高于其他保姆三分之一的薪金聘请了她。

　　从她迈进家门的一霎，我长长地吁了一口气。我终于不必为自己的衣食操心了。

　　一连三天，餐桌上餐餐有鱼，就是没有我喜欢的肉类。第四天，我终于提了意见。保姆说："你吃了几十年的肉，现在开始得改改偏食的习惯了。"

　　这倒是我没有想到的。也许她说得有理，可我实在没有胃口。

　　保姆朋爱整洁，她规定桌上不许乱放东西。一天，我转个身，发现刚放在桌上的一份文件不见了。保姆出去买菜了，没带手机。等她回来时，那个重要的会议我已经迟到了。保姆就此教训我："你要吸取教训，不管什么东西，都要归类放好。"之后，我只好将许多东西放在单位的橱柜里。

　　星期天，我赖在被窝里。保姆有礼貌地敲门提醒："该起床了，快去锻炼身体。"想起昨天晚上，我还没打开红酒，保姆就说："太晚了，对胃不好，明天中午再喝。"我在心里暗暗叫苦。我只能起来，出门跑步。跑着跑着，我跑到了朋友的家，希望能在他家度过一个随心所欲的周末。

丢失的性别

一天深夜，我的眼睛又涩又疼，眼前一片蚊影飞舞，我忙放下手头永远也做不完的事，来到镜子前。对着镜子，我突然疑惑起来：镜中那个短发、脸色灰暗的人，是男，还是女？

我打开衣橱，衣架上，黑、白、灰的衣裤，没有任何表情。鞋柜上，黑白相间的旅游鞋和方头的黑皮鞋也沉默不语。

我想一展歌喉，声音却似被冻住的水龙头里的水，堵在嗓子里，流不出来。

第二天，我来到医院。医生从上到下看我一遍，说：不知道自己的性别？那你脱下衣服，让我检查一下。

我一听，跑开了。我不要这样的检查。

我整日恍惚，不知自己是谁。上公厕时，确定里面没人，才像贼一般偷偷溜进溜出。

我决定放下所有的事情，去山里搭建一间小木屋。

心，无比安宁。我忘了时间，住了下来。

清冽的山水，让我的皮肤细腻白净，头发乌黑发亮，嗓子清越洪亮。在风霜雨雪和日升月落中，我的眼睛渐渐明亮，听力日益灵敏。

我在木屋旁开垦了一块田地。甜甜的番薯，碧绿的青瓜，饱满的大豆，足以果腹。

我与飞鸟虫鱼为邻，我将渐长的头发，扎成发辫。

木屋外，朵朵鲜花美得像梦境。我摘一朵鲜花戴在发间。心像棉花般柔软。

　　我来到宁静的溪边，溪面映照着一个美丽的姑娘，微笑着打量着这个世界。

奇缘草

我的小木屋里，突然走进几位陌生人。他们在深山转悠时，迷了路。
我拿出刚采来的奇缘草，用水焯后，放点果酒，拌上竹盐，招待他们。
这是你们的点心吗？他们对着奇缘草嚓嚓拍照。

点心，也当主食。

当他们得知我和父母的实际年龄时，他们将碗里的奇缘草抢吃一空。

这是你们长寿的原因吧？

不知道，我们祖祖辈辈就吃这个，它就像山泉、空气那样平常。

他们扛着摄像机，拍摄我采奇缘草的镜头。他们要走了剩下的奇缘草。几天后，荒凉的深山来了一大队人。他们说，经过实验，奇缘草里含有一种长寿、健康的元素，为了让它造福百姓，他们决定开发利用奇缘草。

山里一下子热闹起来。他们在山下开了公司，制作奇缘草口服液、奇缘草胶囊、奇缘草含片。他们修建了一条通向山里的公路，一辆辆汽车开进深山。他们用机器挖草，也有人闻讯成群结队来挖草。

山都蜕了一层皮，风起时砂石乱飞，雨下时泥浆乱流。

我住的山中，已无草可挖。我不得不翻过好几座山去挖草。

一日，他们找到我，拿出一份报告，好心地告诉我：有实验证明奇缘草含有一种微量毒素，还是别吃。

我点点头。真是一个好消息。

土布绣

我拿回家去绣吧？当88岁的花奶奶走进这间精心布置的演艺室，面对着一个个摄像屏，惊慌地用手蒙住了脸。

不用怕，就当在自己家里。我轻轻拍了拍她抖动的肩膀，按着她坐在镁光灯下的座位上。

花奶奶一会儿挠头，一会儿挠脚。看得出，这位来自深山的老人，第一次遇到这种场面，全身写满了不自在。

桌上，放着一张电脑打印的迎亲图、一块本色土布和针线、剪刀等绣花工具。打印纸上，是花奶奶最擅长绣的结婚枕的图案。她绣的那对枕头，精美无比，曾经是许多姑娘效仿的绣品。花奶奶从包里拿出一张薄如蝉翼的纸，照着打印纸，一笔一笔，细细描摹。

六七十年前，这里的每个女人几乎都会土布绣。女人们在自纺的老布上，绣上花鸟草虫，做成帐沿、手帕、枕头、围嘴、肚兜、虎头鞋、帽子。像清贫日子上开出的一朵朵花。织布替代纺布后，土布绣也随之消失。而今，当土布、土布绣成为稀罕之物时，会土布绣的只剩下花奶奶一个了。我所做的工作就是抢救非遗。

我说，花奶奶，你将打印纸贴上去吧，方便，又快。

花奶奶说，自己描，下针踏实。

我问，得描多长时间？

半天。花奶奶头也没抬。

看来上午是摄不成像了。

下午开始前，花奶奶又说，能不能带到家里绣？见到机器，心里慌。

我明白，她是指摄像机。我劝说道，土布绣是珍贵的艺术，我们得记录下来，后人可以学。

花奶奶眼睛一亮，说，你们有没有人来学？这活不难，我家孙女、外孙女喜欢我绣的东西，就是不想学。

我们以后找了人，就让他们来学。我只能这样安慰她。其实，现在还有谁会花心思，去琢磨一针一线呢？

安静了一会，我睁开打盹的眼睛，上去一瞧：摄像机下，花奶奶满头大汗，手上的土布被绣得杂乱无章。

雨天

闪电过后，雷声霹雳，顷刻间，大雨如泼。

一朵朵水花，从车轮两侧溅起，飞向道路两边，飞向路边行人。

有车真好。我和女儿，昨天还是被水花青睐的人，今天水花只能在车窗外绽放。

我吹着口哨，想到此刻女儿已安然坐在教室里学习的情景，笑了。

从家到学校，并不远，只是要经过一段偏僻的路。半年前的一个雨天，女儿放学途中就在那条路上被一个混账小子骚扰，纠缠着女儿坐他的摩托车，装作好心送她回家。幸亏女儿牢记我的安全教育，没有上当。之后，接送女儿上学放学成了我的头等大事。

不远处，有两个身穿校服的女孩，和女儿一般个子，风雨突破伞的遮挡，把弓着腰的女孩浇得如同落汤鸡。

小姑娘，上车吧。我掉转车头，将车停在她们身边。

她们小跑着，似乎没注意到我。

进来吧，雨太大了。我跟随着她们，降低车窗，边说边示意。

她们转过头，没有放慢脚步，两双黑白分明的眸子，似寒星，审视着我。她俩嘀咕几句，个子高的女孩从衣袋里掏出了手机。

谢谢，不用。个子矮的女孩，回头礼貌地朝我摇摇手，加快了向前的步伐。

唉，两个傻孩子。我像一只泄气了的轮胎，自得感荡然无存，我无力踩下了油门。

左边马路上，一个抱着孩子的女子，在刚启动的公交车后面追赶着，呼喊着，肩上的挎包滑落一边。

在不压出水花的前提下，我尽量迅速地开车到她面前：上车吧。

多少钱？

看来，她以为我是开黑车的。我忙说：不要钱。

女子一愣，狐疑地扫视着我的脸，胸前的钻石项链发出惊讶的星光。她退回到人行道上，一只手高高举起，很快，一辆出租车在她身边戛然而止。

我望着出租车拖着两条航迹似的水花飞驰而去，悻悻然掉转了车头。

车经离家不远的那段偏僻之路，一位老人蹲在地上，浑身湿透，额上有明显的血痕。我迟疑了好几秒钟，开过头后又终于掉转车头，向他靠近……

如何安放一只玉镯

凤捧着一只玉镯，东张西望，团团乱转。她将玉镯一会儿放到枕下，一会儿放进抽屉，一会儿放在衣橱，一会儿塞到鞋箱，像在玩玉镯和人捉迷藏的游戏。她一次次站在玉镯的角度，总觉得处处不安全。

凤的手心出了好多汗，她洗了手，用一块毛巾包住玉镯，又从箱子里翻出一条儿子结婚时她围过一次的真丝围巾，裹住了毛巾和玉镯。

凤隔着真丝围巾和毛巾抚摸着玉镯，仿佛抚摸着过去一段长长的岁月。

三十年前，凤随公司的女职工到云南旅游。在一家玉器店，柜台外有一堆玉镯。凤拿起最绿的一只，往手腕一套，刚好。老板说，女人可以没金没银，但千万要有玉，玉能养人哪。多少钱？凤的心一动，问。200元，一口价。老板说。凤咬咬牙，付了钱。这是她平生第一次买的首饰。从此，玉镯成了她身体的一部分，工作、做家务、睡觉，都不离手。

凤做事大手大脚，那玉镯也奇怪，磕磕碰碰，竟没有丝毫碰碎。反而越戴越清透油亮，翠绿如滴。不认识的人见了，总有人会多盯上一眼，赞道：多美的玉镯。反而是认识的人，特别是要好的人，常劝她：年纪大了，戴个真的吧。

凤也知道手上的玉镯不是真货。在公众场合，她不敢将玉镯露出来。现在去买一只真货，动辄上万元。公司老板娘卷得高高的手腕上，那只从本地最大的玉器店买来的玉镯，看上去还是凤的油绿，据说要六七万元。

她倒吸了一口冷气。她掰着手指头，暗想，这么多钱，她得干几年的活，才能赚来？这么贵重的玉镯，戴在手上，不知是什么感觉？

唉，七十平方米的房子，竟找不到一处可以放一只玉镯的地方。凤像一个汗水湿透了的独舞者。

去年，儿子结婚时，凤想送儿媳妇这件她唯一的饰品。如今，街上流行玉饰。儿媳妇淡淡地说：妈，还是您自己戴着吧。凤讪讪收起玉镯。

刚才，凤经过城里那家最大的玉器店，好奇地走了进去。玻璃柜中的玉饰，在灯光、清水和丝绒的衬托下，发出骄人的光泽。特别是几只玉镯，像天上的明月，遥不可及。

她伸出手腕，将自己的玉镯与"明月"比起来。站在柜台边的经理，盯着凤的玉镯，眼光一亮，说：大姐，能否让我看看你的玉镯。凤满脸通红，摘下了玉镯。

经理接过玉镯，触摸一番，对着光亮察看一下，又放到仪器上，用紫光照了又照，认真地说：大姐，这只玉镯，十万元能卖给我们吗？

什么？你再说一遍。凤怀疑自己的听力是不是出现了问题。

大姐，我是诚信人，要不，再加二万元，十二万元？

一股热血，霎时涌到她的脑门。她如梦惊醒般，要来玉镯，往家里跑。

凤的心像塞了一团麻，突然，手一抖，砰——玉镯碎在了地上。

广场

路过广场，他被人流挟裹到了广场中央，重重地撞在一个女人的身上。

对不起。这是怎么回事，这么热闹？他问。

女人推了他一把，说：快举手声讨。

声讨什么？

喏。她用手一指。

周围攒动的人头上，有一幅鲜红夺目的标语：坚决声讨、抵制……广场上手臂如林，彩旗乱舞，他没看清后面写的是什么。

人群里，发出一波又一波激愤的声音，像平地起雷，实在壮观。

女人严厉地说，凡是正派的人，都参与到这场声讨、抵制中来了。

广场上，人越聚越多。这个城市，正派的人总比不正派的人多得多。他的脸微微一红，手臂也不自觉地往上举。

太阳火辣辣地晒着，人们汗流浃背，红光满面。

终于，他赶在天色暗下来前回到了家。在准备做饭前，他先啪地打开了电视机。霎时，仿佛整个广场都搬进了家里。

来吃饭吗

周末那天，临近傍晚，我约几个朋友在我家打牌，阿昊突然将手中的牌停在空中，用鼻子嗅着空气，问："什么酒，那么香？"

我笑了："一定是你嫂子酿的米酒开坛啰。"

他说："我的腿长，看来可以喝上一杯了。"

我乘机邀请他留下来喝酒、吃饭。

妻子翻了翻冰箱，加炒几个菜，嗔怪道："怠慢了，早一点不告诉我。"

阿昊说："这是我吃到的最可口的晚餐，嫂子真能干，大哥有福，不像我每天吃快餐，像只流浪猫。"

他的妻子小欢是十指不沾阳春水的类型，阿昊也不擅烹饪，双方的父母离他们又远，阿昊夫妻不知平时过的是什么样的日子。

看着妻子的眼里满是同情，我便自作主张对阿昊说："你若喜欢，明天开始，你和小欢到我家来吃饭吧。"

阿昊也不客气，举起酒杯，爽快地说："大哥、嫂子，那我先喝为敬了。"

第二天一下班，他俩直奔我家。餐桌上已摆放了几只冷盆菜，厨房里弥漫着牛肉香，还有几盆配好的净菜正等着烧煮，妻子说："有些菜要吃热，等你们一到，我就动手。"

不是我夸张，无论什么食材一经她的手，就会花样百出。譬如虾，妻子可以烹饪成油爆虾、香辣虾、清蒸虾、炸虾、盐焗虾、虾干、刺身虾、酒醉虾、面粉虾球等，如果搭配其他食材，更是惊喜不断。他俩边吃边对妻子的厨艺赞不绝口，妻子也倍感骄傲。

妻子很快摸透了他们的食性，阿吴喜欢海鲜，小欢喜欢肉食。从此，妻子烹饪的重心主要围着他俩转，每天都准备了他们各自喜爱的菜肴，做到一周不重样。

一个月后，阿吴从口袋里摸出一只信封递给我，说："大哥，这1000元钱是我俩的搭伙费。"

碍于情面，我将信封挡了回去，说："你俩能来我家吃饭，是给我们面子，怎么还能要你的钱呢？"

这样，他塞我挡了几个回合，阿吴说："那就恭敬不如从命了。"

妻子知道后，挂起脸，说："你这是充强汉。一个月交这些搭伙费还远不够呢。"转而又说："这样也好，他们以后就不好意思来吃饭了。"

谁知，第二天，他们还像往常一样。妻子暗暗向我使了个眼色，我权当没看见。

几天后，他俩送来了10只粽子，一篮鸡蛋。妻子客气地推辞，小欢说："我们只买了这点小礼物，你不收，是嫌少了？"

妻子只好收下，说："真不好意思。"

他们走后，妻子洗好碗，打扫好卫生，揉着腰，横在沙发上，抱怨："什么女人，一个多月了，也不帮我洗洗碗筷，扫扫地，当我是倒贴钱的用人？"

"他们是客人，还送了我们礼物，不能这样说人家。"我轻轻反驳道。

"吃了一个多月，还是客人吗？东西是小欢单位发的，隔壁老王和她同一单位，发来的东西小车也装不下呢，"妻子伸出手说，"给我1000元菜钱。"

"上星期不是刚给过你了吗？"

"不当家不知柴米贵，牛肉60元一斤，猪肉38元一斤，基围虾120

元一斤……1000 元只够四个人吃一星期。"

妻子的话像一块石头，压在我的心头。按妻子的算法，阿吴夫妻一个月的搭伙费是 2000 元，这还不包括柴米油盐酱醋茶和煤气。我琢磨着，阿吴那 1000 元到底是一个月、两个月、还是更长时间的搭伙费？无论如何，是有点小气了。

我不得不对妻子说："以后，菜就随意些吧。"

第二天，菜由原来的八碗减至六碗，也没有计划中的红烧牛排。小欢扒拉了几口，剩下半碗饭，就到客厅看电视去了。

妻子对阿吴说："过几天，我和朋友一起去外地旅游 7 天。"

阿吴说："祝嫂子旅途愉快。那以后 7 天，我们就不来麻烦大哥了。"

晚上，我对妻子说："你这分明是在赶他们走。"

妻子说："怎么着？我突然决定想轻松一下，他们怎么不叫你到他们家里去吃呢？"

第二天一早，妻子去旅游了。我独自吃了 7 天快餐。

妻子一回来，亲自打电话通知阿吴，又买来了海鲜、牛排，做了丰盛的晚餐，像是弥补这些天对我们的亏欠。眼见一桌的菜快凉了，还不见阿吴夫妻来。我拨通了阿吴的电话，电话那头，阿吴迟疑了一下，说："对不起，大哥，我俩还在外面办事呢。"

放下电话，我拿起筷子。妻子说："别动筷，还是等他们一下吧。"

我说："他们再也不会来了。"

整容

　　自从小城去年进行一次选美大赛后，我那濒临倒闭的整容室，生意突然火爆起来。

　　去年春，通过层层选拔，得分最高的 M 成为小城的城市小姐。M 作为城市的形象代表，她的形象迅速占据了与城市相关的广告、网站和媒体之中。她的人气、收入成为人们最感兴趣的话题。

　　不久，A 来到我的整容室。她是一位美丽的姑娘，圆脸，凤眼，直鼻，嘴角微翘。她的甜美和阳光，如一缕初夏的微风，让人欢欣得想唱一首歌。

　　她递给我一张图片，说：我想整成这样。

　　那是一张 M 姑娘脸部特写的图片：小脸，大眼，平鼻、樱桃嘴，冷艳而精致，与 A 的气质和类型完全不同。我不想质疑评委的审美标准，但我坚持认为，不管是凭专业的眼光，或是一般大众的审美标准，A 姑娘的容貌远胜于 M 姑娘。虽然我渴望有顾客上门，何况眼前是一位大顾客，但我不想接这生意，我不忍心毁了 A。

　　看到我的犹豫，A 像猜出了我的心思，说：你整吧，你不整，我到其他地方也要去整。

　　我怕 A 一时冲动，便说：你再去好好想想，一个星期后，再来找我。

　　三天后，A 又来了。她脸色苍白，精神萎靡。她告诉我，由于距城市小姐的形象相差太远，觉得无法抬起头来，工作陷入了危机。

见她意志已决，我只好为她动了整容手术。那份苦，连我都觉得无法忍受：三个月内，削骨，磨骨，吸脂，颧骨内推，颏成型……足足动了18次手术。有两次，脸肿得像一只猪头，真是惨不忍睹。手术是成功的。拆除绷带后，A对着镜子惊喜万分。

许多人闻名而至。就这样，从我的手中诞生了无数个城市小姐。我的生意越来越好，我却陷入了迷惘，不知道自己究竟是创造了美，还是毁掉了美。

就在刚才，A再次找上我。这次，A手中图片里的人，酷似未整容前的她。原来，今年的城市小姐，是A的同胞姐姐。

所有

"等一等。"母亲翻开那只旧书包，在夹层里取出一张 20 元、两张 10 元和一大把硬币，塞进他的口袋。

这是他多年前废弃的旧书包，他记得当时扔进了垃圾桶，不知什么时候成了母亲出门的背包。

"妈，别，钱已经够了。"他说。

"乘公交车，买文具，买点心，零钱到处用得着，还方便。"她说。

高铁站门口，一身皱巴巴衣服的母亲，十分显眼。他不想告诉母亲，现在消费只需用手机轻轻一刷，基本不需要带现钞，零钱与整钱更是没有什么两样，就是告诉了母亲，她也听不懂。

人们都说，母亲年轻时，是村里最美的姑娘。如今，他在母亲身上，无论如何也找不到与美丽搭边的影子。粗糙的皮肤，略弯曲的背，只有花白头发上的那支玉簪，还闪动着温润的光彩，那是母亲的外婆传下来的宝贝。

"去吧，买点吃吧，别饿了。"母亲又催促道。

他走进旁边的星巴克，摸出一小把零钱，买了一杯咖啡。

"妈，你喝一口。"他递上咖啡。

"我才不喜欢那个怪味。"她笑着摇头。

"那，我给你买一瓶矿泉水吧。"

"不要不要，我不渴。"

一对小情侣拉着手从他们身边走过。母亲的目光尾随着他们片刻，迟疑了一下，取下头上的玉簪，轻轻地放在儿子的手心里："喏，她若喜欢，你就送给她吧。"

　　顿了顿，又说："这姑娘挺好的，你多上点心。"

　　哪个姑娘？儿子愣了一下。马上想起来了，就在这个寒假，他的三个同学到他家里来玩，其中一位是女生。女生的嘴很甜，当着母亲的面，一会儿夸母亲的菜烧得好，一会儿赞母亲的玉簪漂亮。难道为了这个，母亲就将她唯一的首饰送人？

　　咖啡喝完了，也到了告别的时候。母亲从儿子手里拿过空咖啡杯，儿子一转身，她仰起头，将尚剩的咖啡，一滴一滴滴进她的嘴里。

电话

他最害怕接到电话。但是，他又时时等待着电话。

上个月，他到一家公司去应聘，接待他的经理说："等电话通知吧。"

经理没有告诉他要等几天、几星期或者几个月，这就是说，在几天、几星期或者几个月里，每一个来电，都有可能带来希望。

以前，他可以随意关掉电话，晚上睡觉或者不想接听电话的时候。现在，他不得不像一只警觉的老鼠，时时盯着电话，生怕稍不注意，错过了机会。

他将手机的声音调到最高，铃声设置成贝多芬的《命运交响曲》。手机一响，"嘭嘭嘭——嘭——"仿佛有无数只拳头或脚步，敲着家中的那扇破门。

但是，令他气恼的是，这阵子，"嘭嘭嘭——嘭——"总是给他带来难受和不得安宁。

"嘭嘭嘭——嘭——"他接起电话，她直接问他："我再问你一句，你有没有作好买湖景房的准备？"话音刚落，仿佛那扇破门被踢了一个洞。面对着这个破洞，他还有什么话可说呢？他摁下了红色的结束键，也摁掉了还没开花的爱情。

"嘭嘭嘭——嘭——"一个同学向他哭诉，这个同学的合作伙伴卷款潜逃了。正当他搜肠刮肚想寻找一句恰当的安慰话时，同学丝毫不给他一秒钟时间表达惺惺相惜之情，飞快地说："你想想办法替我募一笔钱吧，总不能见死不救。"他有什么办法呢？如果有办法，见到房东还会像老鼠见到猫吗？于是，这个电话在同学的痛骂声中告终。

"嘟嘟嘟——嘟——"临睡前，传来一个苍老的声音："儿子，你这三四年怎么不回家一次？如果过得不好，就回家来吧。"他干巴巴的眼角，终于流出透明的液体。

他沉沉地睡去。恍惚中，电话里飘来似曾熟悉的声音："我想约你谈一谈。"

他感到无比惊奇，这不就是自己的声音吗？

梦境

"快拔掉，给我……"血泊中的母亲，指着她的胸口，看着他，大口地喘着气。

血，从母亲的胸前汩汩流出，像一朵正在盛开的红牡丹。

酒已醒了大半。

他闭上眼睛，颤抖着手，从母亲的胸口拔出了那把水果刀。

"刀给我……"已成血人的母亲，伸出手来。

"妈，刺死我吧，我也不想活了。"他将刀放进母亲的手中，知道母亲的手力已不足刺他了。

这一切来得太突然，就像一道闪电。他只记得，就在刚才，他迈进家门时，母亲像幽灵般站在玄关处，狠狠地骂他，奚落他，比往常更凶。

心正烦得要命，头像炸裂般疼痛。在死一般寂静的夜晚，那些不如意的往事，从母亲的口中，一件件涌个不停。

他随手操起了放在玄关处的一把水果刀，挥向那些不断涌出的事情。

呼。随着母亲的倒地，那些事情也逃得无影无踪。

怎么回事？他一下子蒙住了。

母亲说："快，打开……录像机……"

放在客厅角落里的那台录像机，是他少年时，母亲送给他最贵重的生日礼物。他兴奋了一阵子，他对着母亲在厨房烧菜时录像，母亲在路边摆地摊时录像。母亲看了，抿着嘴眯眯笑。如今，录像机早已被他弃置多年。

这个时候，母亲怎么突然想到了它？

他摸索了一会，打开录像机。

母亲不知从哪里来的力气，双手握住水果刀，朝录像机大声说："是我自己！我的病好不了，太痛苦了，我不想活了，你们不要为难……我的儿子。"说完，她咬着牙，将刀插进那朵美丽的红牡丹中。

"妈，不要……"他大叫着扑过去。

醒来的时候，星星还在窗外眨着眼。那个噩梦，令他恐惧不已。全身汗津津地难受，他想到卫生间撒泡尿，洗个澡。

走到客厅，他被重重地绊倒了。

地上的东西，柔软，庞大。啊，好像是一个人！

他想看个清楚，打开电灯。母亲僵卧在地，满身的血，还没干。

原来不是梦。他真的杀死了母亲。

他吓得将尿憋了回去，"妈——"他哭出声来。

突然，另一间房门开了，闪出一个人，骂："正经事不做，净学坏样，还不去睡？"

啊，是母亲！

别人的鞋子

我喜欢穿齐路的鞋子走路。一次，我特意去齐路的家，问他成功的经验。他告诉我，他是一步一步走出来的。我半信半疑。告别时，趁他不注意，我换上了他的鞋子，颜色、款式跟我的有些相像。鞋子也合脚，出乎我的意料。

我以前走路，喜欢走一段，停一停，看看周围的风景，当然也包括看看人。可现在，穿着齐路鞋子的脚，带着我一直往前走，不管五里还是十里，一刻不停，累得我气喘吁吁。不过，它非常灵活，会避开我习惯走的大路，走小路，抄近路，十里的路，往往走五里路的时间就到了。难道齐路也常常那样走捷径一口气到底？

一次，它带我来到一个熟悉的地方，并往深里走。里面的小径，开着我从未见过的野花，发出扑鼻的香。自己以前怎么从没想过跨前一步，从没看到这样的风景呢？

这双鞋也会跟我拗劲。明明我想往东，它却向西，将我带到奇怪的地方。一天，我经过河边，正想停住脚，它却一个劲往前冲，我掉进了河里。看见的人一定会以为我是一个醉汉呢。我对着鞋子骂：到底你是主人，还是我是主人？

有一天，鞋子给我惹了祸。我好好走着，突然，我飞起一脚，朝路边的一个陌生人狠狠踢去。当然，我被那个人揍得头破血流。那个人的同伴劝道：算了，这个人脑子肯定有病。

我搞不明白的是，我穿上别人的鞋子，我对自己的脚咋没有原来的感觉了，而且，还不听我的使唤了？可见，别人的鞋子，可不是那么好穿的。我害怕那双鞋子以后会闯更大的祸，只好将它偷偷扔了。

干净

　　李洁爱干净，在单位是出了名的。一有空，他不是拿着白毛巾擦桌子、门窗，就是手持拖把、扫帚，拖地，扫地。仿佛，他和灰尘或污垢，天生有仇。刚开始，同事们以为小李只是积极表现自己，争取进步。后来，当小李渐渐成为老李，他的习惯依然没变。李洁的办公室，永远一尘不染。

　　妻子对李洁不时拿家里的白毛巾到单位去提意见，说：就是保洁员，单位也提供保洁工具。李洁笑而不答。单位的保洁员，最初对李洁的行为十分不解，说：李老师，你打扫干净自己的办公室就行了，厕所和走廊有我呢。李洁说：我习惯把我看到不干净的地方擦干净。

　　也有几个人学着李洁，顺手打扫一下公共卫生。这样一来，保洁员只能千方百计寻找旮旯中的不洁之处。来办事的人都说，走进这幢办公楼，环境干净，空气清新，心情舒畅。

　　对于上门来办事的人，李洁仿佛有特殊功能，一眼能看出，那人的手是否干净、油腻。对于伸过来的他认为是油腻的手，李洁绝不会伸手相握，不管人家是否尴尬。

　　一次，上面来人，突击检查市卫生情况。那天突下大雨，领队临时改变计划，提出到一个单位去走走、看看。市负责人陪检查组走进李洁的办公室。个个都傻了眼：每一只杯子，洁净如新；每一扇玻璃窗，空气般透明；每一株绿植，像刚从水中洗过。领队俯身，摸摸李洁办公桌腿边的角落，连一粒灰尘也没发现。倒是原本干净的地面，留下了一个个沾着沙泥的脚印。领队羞红着脸，说：对不起，弄脏了你的地面。仿佛，置换了角色。李洁说：没关系，你们走后，我会打扫干净。再检查其他办公室，虽与李洁的有差距，但也干净得无可挑剔——有李洁作对比，别人想不干净也难。

这一年，李洁被评为省卫生先进工作者。与他相配套，单位被评为省级卫生先进集体。上台领奖时，独不见他。同去领奖的单位领导在会场的一角找到了李洁，只见他正弯腰打扫着卫生。领导拉着他要上台，李洁摆摆手，说：等这些打扫干净再说。

寻找故乡

有一天，我心血来潮，忽然想去寻找自己的故乡。

乘几个小时的高速，就到了记忆中的村口。想当年，我翻过九十九座山，乘了三天三夜车，才走出大山深处，好不容易来到目前的城市。我用多年的时间，努力改掉了乡音。

路，已不是原来的路；山，也已不翼而飞。高大、崭新的牌坊，刻着三个字。它是什么村？我没听说过。唯有中间的"葭"，是故乡名字中的一个字。"葭"即芦苇。故乡呈"之"字形的溪畔，芦苇丛丛，千年前故乡就以"葭"为名。眼前的小溪，呈几何体的"一"字形，两畔堤坝，像被刀切过，没有一棵杂草、一枚卵石，更无芦苇的痕迹。往里走，老建筑早已了无踪影，里面高耸入云的楼房，整齐划一，就像某一天，一声令下，炸平了村庄，重新建设起来似的。条条村路，横直有序。

我逮住一个老者，问他，我的村庄到哪去了？他迷惘地摇摇头，像听不懂我的话。我想用方言复述一遍，却不知如何发音。

我只好一村接一村寻找，除了村名各有不同，小溪、房子、道路都如出一辙，像复制完成的画面。

是我把故乡丢了，还是故乡把我丢了？

宣传

望着刚从印刷厂拉回的一车新书，我的情绪从开始的喜悦，转为不安，甚至后悔。多年的心血凝结成书，是值得高兴的，但它几乎花光了我微薄的积蓄。毕竟，书本不能当饭吃。

无奈之中，我想到了开书店的朋友 A。

A 翻了翻书，说："书是好书。"

我一阵欣喜，说："这么说，这书会受读者欢迎。"

A 笑了："重点是宣传，不宣传，谁知道你出了好书？"

我点点头，也笑了："那我马上去拟一个有关书的简介、写作感想及其得失的文案出来。"

"不劳驾你了，一切交给我吧，" A 摆摆手，说，"只不过，我如何宣传，你不必过问。"

"当然。"我乐得清闲，甩甩手告辞了。

几天后的清早，一个电话将我从睡梦中惊醒："你和 M 之间的事，是真的？"

M 是我们当地的亿万富翁，围绕他的八卦、新闻很多，我跟他连照面也没打过，有什么半毛事？

挂了电话，又一个电话来了："你这个人藏得可真深哦。"

"真是莫名其妙。"我嘟哝一句。

又一个电话接踵而来："恭喜你，你成网红了。"

我一骨碌起身，打开手机，铺天盖地，网络上有我的大名：女作家暗恋 M 终身不嫁、M 夜会女作家被曝光、女作家曾为 M 轻生……各种网络转发、评论，网友跟帖，有骂我的，有挺我的，我和 M 瞬间成为热搜的话题。

　　这是哪儿跟哪儿的事？这些谣言从哪里而来？哦，不，一定是人们搞错了，他们将我与一个同名人混淆了。

　　三天后，A 打来电话，兴奋地说："亲爱的作家，你的书脱销了，准备再版吧。"

舞者

你不知道，自己究竟舞了多长时间，也不知道，舞台会升到什么高度。

你只知道，帷幕刚启，台下的鼓掌声、欢呼声、惊叹声，已填满堂皇的剧院。你的心狂跳不已。音乐渐起，你的舞姿时而柔美缠绵，时而狂野飒爽，观众为之疯狂。你好不得意。作为一名舞者，这已是最高的嘉奖。

在雷动的掌声中，你清醒发现，你并没有舞出希望的境界。

掌声渐渐稀落，你一惊，难道观众发现了自己的瓶颈？你直视着观众，突然发现，舞台正缓缓上升，此刻已升到二楼。二楼的观众只是一楼的一半。你的眼里充满了疑惑。

舞台还在升高，二楼的观众消失不见了。只有高楼上的一扇扇窗户，像夜色中一双双闪亮的眼睛。现在，你为那些闪亮的眼睛而舞。你的心一阵失落，但你没有停止舞蹈。

没有了华美的舞台，没有了你的观众，你放开身姿，无所顾忌。你惊奇地发现，原先达不到的几个高难度动作，不经意间，达到了。

舞台越过高楼，接近山的顶峰。这时，突然下起了一场暴雨，将你精致的妆容洗净，美丽的服装淋湿。你索性脱下外套，用心中的旋律，为自己而舞。一个个难度，一次次突破。你不停地舞着，不停地惊喜着。

今夜，安静极了，月光始终追随着你独舞的身姿。你想，就这样，永远跳下去，跳下去。

证明

　　酒醉的人为了证明自己没醉，决定找人好好谈一谈。他拨了一个个的电话，没等到说上一句完整的话，话筒里传来了忙音。对于别人的忙碌，他显得很吃惊。

　　他来到公园，看到石凳旁，笔直站着一个人。他稍稍整理一下自己的思绪，同那个人讲起自己对许多事情的见解。有时，他觉得自己说得太严肃了，就让语速舒缓一点；有时，他觉得自己说得太抽象了，就用大量的比喻来说明。

　　那真是一个好听众，从不打乱，反驳和插嘴。他觉得自己简直要爱上这位可敬的人了。对了，这位听众到底是男人还是女人？年老的还是年少的？其实，这无关紧要。能这样倾听他的心声，就该得到他的爱。

　　他向这位倾听者伸出双手。他的手碰到了树干，有一点疼。他感到好笑，原来是自己醉了。但这种醉态恰到好处。于是，他允许自己这样醉着，并延长酒醉的时间。他继续向树说话：你完全可以证明现在的我处于最佳的状态，不是吗？

反思

M捧着那本捡来的日记，无法释手。明知道日记的主人F是他的同事，但出于说不清的原因，M不加犹豫地打开了日记。

他和F之间的关系一直紧张，果然，日记中记载了他们之间许多不愉快的事情，以及对M言行举止的观察、剖析，甚至不乏谩骂。他妈的，他有什么权利对我进行人身攻击和胡乱剖析？他将日记扔在地上，狠狠地踩上一脚。

过一会，M又捡起日记。他承认，日记中提及的事情确实存在。当他静下心来，他发现之前竟从来没有站在M的角度看问题。为了公平起见，他觉得应该将自己作为裁判，既不代表作者F，又不代表读者M来阅读、分析并评判。如果说F和M（代表过去的自己）是直线的两点，现在的自己应该站在M和F之间二分之一的位置上，不偏不倚。并告诫自己：注意立场。果然，他发现了F的观点也有一定的道理。他轻轻点了点头。

现在的自己被字里行间弥漫的情怀渐渐打动，被F所蒙受的委屈而深深自责。他决定，下次见到F时，一定要伸出双手，面带微笑，至少，让F感受到来自他的友善。

随着阅读的深入，他对F的理解也在加深，当他看到M不依不饶揪住问题不放，主人公深陷痛苦时，他不由得捧起日记，握紧拳头，狠狠骂道：伪君子，狗娘养的M，我饶不了你！

剪藤

他家的凌霄花，像一盏盏点亮的红灯笼，从自家后院这边的墙，一直亮到李四家那边的墙。从初夏到深秋，这堵破墙成了附近最美的花墙。他一见凌霄花，就开心，仿佛那是他盛开的心花。

那一天，他听到墙那边传来嚓嚓嚓连续的响声，跑到楼上一望，见李四手握枝剪，几乎剪光了越墙而过的凌霄花藤。

一股无名火腾地窜了上来。我种的花，你凭什么破坏？他敲开李四家的门。李四开了门后，没理他，继续埋头清理地上的花、藤。

他怒气冲冲责问道：你怎么不经我的同意乱剪？

李四说：我剪自家墙上的花藤，我不喜欢红花，看到它血压就上升。

他憋了一肚子气，径直来到自家的前院，在墙边踱来踱去。

前院整面的墙上，一串串紫黑色的小葡萄，垂挂在他搭的架子上，像一只只婴儿般的眼睛，晶亮晶亮。再过一个多月，就可以收摘了。这株名贵的葡萄，不知李四是怎么搞到的，好吃又多产，每到秋天，每个星期准能收摘几串。十多年来，他对这株葡萄充满了感情。

拿枝剪的手，不免有些颤抖，想到凌霄花，他咬咬牙，还是一刀剪了下去。

满地的小葡萄，像一个个打滚的问号。面对着无数个问号，他满脸羞愧。

墙的那边，传来一声嚎叫：葡萄藤塌了！

他抱着头，一声不响地蹲在地上。

哭灵

我拨开人群，看到前面有一具黑色的灵柩，顿时，泪如泉涌。我张开宽大的衣袖，像一只被水打湿的孤单的白蝴蝶，飞扑在灵柩上，发出撕心裂肺的声音：我的亲爹啊……我来迟了……

刚才还闹哄哄的灵堂，霎时，肃静无声。

我无力斜倚着灵柩，双肩耸动，浑身颤抖，竭尽全力呼喊着死者。

周围，哭声渐起。

我用越剧的唱腔，将爹的生平、喜好、为人，唱得抑扬顿挫，声情并茂，当唱到当年爹含辛茹苦养育四个子女时，我泣不成声，曲不成调，几近昏厥过去。

跪于灵柩边的子女们，呜咽之后，终于哭出声来。

悼唁的人们，也发出悲痛的哭声，拿纸巾的手，上上下下，忙着擦泪。

她是谁？哭得真好。哭泣声中，有人轻声问话。

我一眼瞥见，一位中年男子站在人群前，目光在我身上打了一圈又一圈。

他来这里干什么？我将目光收回。关键时刻，千万不能开小差。

我一字一句继续哭唱着。唱腔是《法场祭夫》《楼台会》《断桥》《哭灵》中的片段，婉转悲切；唱词是根据不同死者的生平，套用几个版本。也可以将这些版本互相串联，灵活运用。这些，对我来说，早已不在话

143

下。熟能生巧嘛。

哭完后，我马上擦干眼泪和汗水，一个女子从长跪的队伍中站起身来，走到我跟前，给我一个红包，说：哭灵很成功，我听出来了，你还额外加了最后一段，我同事的婆婆快不行了，我推荐你到时去哭灵。

我向她表示了感谢。我换下白纱裙，穿上了红裙子，哼着小调，走出灵堂，等在门外的那个中年男子，迎上来对我说：妹，咱爹死了。

什么时候？

刚刚。

嗡的一声，我的脑子炸开了，想哭，却哭不出来。

拯救

当他歪歪斜斜走到一条小弄时，路灯的微光照在地上一团毛茸茸的可疑物上。他走过去，飞起一脚，毛茸茸的东西，轻轻叫了一声。原来是狗。虽然平常他不喜欢乱咬乱叫的狗，但对于眼前的这只狗，他大为失望。这算什么狗，真正的狗，应该冲上来，叫着咬他。尽管他没有想好如果这只狗真的如此，他该怎么对付。

他打个饱嗝，释放一些酒气。他突然想到"拯救"这个词语。他决定拯救这只需要被拯救的狗。他觉得，拯救是对身处危险活物的救赎。显然，这只狗还没满足这个条件。他怀着同情，再次飞上一脚，以便使拯救显得十分迫切。

他用力过猛，又踢了个空，突然倒在了地上——就是狗趴的那个位置。咦，狗不见了。也许，狗原先就不存在吧，或者，他就是那只狗？现在，他决定自己拯救自己，以便让上司不再轻视他，同事不再取笑他。那么，谁是自己的上司？自己的同事又是谁？自己究竟在干什么？一个个画面像救护车前的警报灯闪烁不停：快递、销售房产、保洁、保安、建筑……

这些都是他的工作吗？明天又该去干什么？如何拯救自己？要思考的问题太多。他索性闭上眼睛，躺在那个地方，美美地睡着了。

鸡蛋

　　他端着那支上了膛的冲锋枪，身披铠甲，越过高山，蹚过河流，跨上城墙，他终于用靴子踢开了那扇紧闭的铁门。他发出的张狂大笑，令所有的人颤抖不已。里面的人发出惊恐而绝望的叫喊。谁都清楚，见到了他就是见到了世界的末日。

　　就在这时，他低下头，看见地上有一枚鸡蛋，圆润，柔白。他的心一颤，将冲锋枪放置一旁，脱下铠甲，双手在他的棉衣上擦了又擦，然后蹲下身来，两只手搭成鸟巢状，轻轻捧起那枚鸡蛋，就像捧起一个初生的婴儿。

　　突然，一粒子弹飞来，他猛地一抖，鲜血顷刻染红了他的衣衫。他缓缓向后倒去，胸前的"鸟巢"依然护着鸡蛋。他倒下的时候，"鸟巢"稳稳地落在两腿中间，里面的鸡蛋依然完好无损。

掌声

晚上，正当我打瞌睡时，楼下开快餐店的堂兄火急火燎蹿了上来。刚才，厨师有急事走了，好多客人已点了菜。"求求你帮我应付一下。"他说。

这是我一生中第一次有人相求，我实在不忍心拒绝。我这个没出息的人，烧菜还是会一点的。偶尔，我也会学着电视厨艺类节目中的做法，给家人做几道菜。

我一拐一拐下了楼。心里有些不安。我能应付得了吗？

厨房宽敞，炉灶高大，按一下按钮，"呼——"，火苗就蹿得老高。与家里的小煤气灶差别很大。但我已没有退缩的余地了。

我将油倒入锅中，依次放入盐、辣椒、菜料。立刻，锅里欢腾起来，发出噼噼啪啪、噼噼啪啪声（家里的锅只发出嗞嗞声），就像热烈的掌声。对，就是掌声！从小到大，我虽然经历过不少有掌声的场面，如领导讲话、表演节目、讲座、竞赛等，但那都是属于别人的。我从来没有资格也不敢奢望获得别人的掌声。现在，这口灶、这只锅、这个菜却为我一个人鼓掌。虽然它们不是人，但却发出了掌声，能不令人惊喜吗？我在一阵响过一阵的掌声中，精神倍增，臂力也大了起来，左手掌锅，右手掌勺，在起锅、翻炒、出菜中，那噼噼啪啪的掌声响得更欢了。一道道家常菜，因为掌声和激情的注入，显得不寻常起来。

堂兄拿着两听易拉罐啤酒走进厨房。窗外，东方的晨星在暗蓝的天幕中闪着白亮耀眼的光芒。该打烊了，时间过得真快。堂兄递给我一听易拉罐，遏不住兴奋地说："老顾客吃出了不一般的味道，说是希望今后还能吃到这样的味道，"堂兄说着，啪啪啪鼓起掌来，"没料到，你还会有这手，深藏不露哪。"

　　我微眯着眼，仿佛听到了更多更响的掌声，迎着堂兄充满期待的眼神，我也鼓一下掌，说："我也没料到自己还行，来，干杯！"

跳格子

她刚进来时，我正望着窗外的女孩和男孩出神。

冬日的阳光，穿过玻璃窗外的铁栅栏，投下格子状的花纹，冷冷地打在我的脸上，虽然隔了一层玻璃，我依然能感到寒风的侵蚀。两个衣着单薄而破旧的孩子，正专注玩着跳格子的游戏，仿佛并不感受到冷。女孩用一块碎砖片在路面划了几个格子，和一个比她小的男孩一起，轮流用单脚跳着，将一枚石子依次踢进一个个格子内。

显然是在比赛，比谁踢得远。每踢一次，赢方就刮输方的鼻子。男孩跳格子的技巧显然不如女孩。当女孩又一次刮男孩的鼻子时，男孩抓住女孩的辫子，猛地一揪。女孩倒在地，捂着脚，哭了。

"医生，医生。"一个女人进来了，怀里抱着一个鼓鼓的包裹。层层打开，里面是一个女孩，与跳格子的女孩差不多大。包她的是一条童毯、一条围巾、一件棉袄。

"怎么啦？"

"宝贝，告诉医生，哪里不舒服？"

那宝贝像没听见女人的恳求，也我一眼，面无表情。我浑身一颤，那眼神带着一股冷气，灌进我的脖子。

女人絮絮叨叨，说宝贝很聪明，就是不爱说话，不会笑。女人总是害怕宝贝会出什么病。

窗外，男孩在女孩面前乱舞起来，又翻筋斗，又打滚，女孩破涕为笑。两个人坐在画着格子的地上，互相拍打着手，嬉笑着。

　　宝贝专注地盯着窗外，突然脱下手套，轻轻拍起手来，脸上露出不易察觉的向往和微笑。

　　我指指窗外，对女人使个眼色。女人惊讶地看着我，抱起她的宝贝，熟练地裹成一个包裹，迅速消失在格子的深处。

河里的鱼

诊所门前，有一条小溪，一条小河。不知为什么，近来，常有鱼儿从溪中跳跃而出，有的跳到小河里，有的跳到路边被人捡走。当然，也有鱼儿从小河跳入小溪。小溪和小河因此欢腾起来。当一位年轻人进来时，将我的眼光与河水、溪水的连接切断了。

我问他："你说从来不知什么叫烦恼，为什么现在连连叹气？"

他懒懒地说："做人真没意思。"

"为什么？"

"没有烦恼。"

我吃了一惊。到我这里来看病的，都是被烦恼（或自认为是烦恼）压得透不过气来，为没有烦恼而烦恼的，还是第一次遇到。

他断断续续诉说他的没有烦恼。朋友小凡告诉他，邻居开了家棋牌室，每天，打牌声、喝酒声或吵架声，严重影响了小凡的生活。小凡去交涉，事情没解决，反而受了一肚子气。他却羡慕小凡，他一个人住在别墅里，哪里有邻居的影子和声音。

他的司机阿平最近和兄弟因继承父母遗产起纠纷上了法庭，如果阿平不要求那么多，平常他们兄弟的情谊实在让人羡慕。如果换作他，他情愿不要作为独子独享父母惊人的财富，只要兄弟姐妹的情谊，哪怕吵架也是令人向往的事。

他的许多同学为创业而苦恼，有的闯了一半而失败。他早被父母安排好要走的成功之路，他不会走弯路，公司里的智囊团都是顶尖的人才。

"我不知道自己想干什么？能干什么？我为什么没有烦恼？"他紧紧抓住自己的头发。

我望着这位没有烦恼的烦恼者，做了个跳跃的手势。恰恰这时，有一条河里的鱼儿跳到了溪里。

小船

岸边有一艘小船，我正想跳上去，小船却快速离岸而去，急得我又呼又叫，大汗淋漓……闹钟响了，原来是做梦。

人已在诊所，脑子里还在回顾着梦里的情形。这样的梦，常反复出现在我的梦境里。正恍惚间，进来了第一个病人。他照例用围巾裹着头部，只露出两只空洞的眼睛。这时，助理为我买来了面包和牛奶，放在我的面前。

"林先生，今天又不是你预约的时间哦。"我同他打招呼。从他就诊以来，我早就默认了他的这一习惯——除了预约的时间外，随时可能前来。

"对不起。"林先生一圈一圈除下长围巾，露出一张惨白的脸，盯着我的早餐，"医生，我可以吃你的早餐吗？我等会买一份还给你。"

"完全可以，谢谢你的信任，"我简直不敢相信自己的耳朵，"不必去买了，我还有几块饼干。"

他马上拿起我的早餐。我的心中涌起一种说不清的情愫。这位患被迫害狂想症的可怜的人，除了他的母亲，从不相信别人，不吃单位提供的福利餐，不吃妻子做的家庭餐，食无定所，一日三餐奔波于城区各家快餐店、点心店，二三十天，用餐地点绝不重复。即使这样，他还觉得有人在食品里投了毒，令他睡不好，浑身无力。

看着他狼吞虎咽的样子，我笑着问他："感觉怎么样？"

他点点头，像孩子般腼腆地笑了笑："这是我母亲死后，我吃得最香的一餐。"说着，他突然哭了起来，说他的妻子别有用心，说他的儿子被人利用，说他像一个在水里游得精疲力竭的人，找不到上岸的地方。

以往，我会站在他的妻子、儿子的角度，替他们一一辩解。现在，我只是看着他，安静地听着，递给他两张纸巾。

我的病人用一张纸巾擦去泪水、鼻涕，用手拨弄着另一张纸巾。

河水的流动声从窗外传来。我望着窗外的小河，有些走神。

林先生拿着他的围巾离开时，我们轻轻地握了一下手。他随手带走了那张混合着泪水、鼻涕的纸巾，而另一张纸巾已被他折叠成一只小船，静静地泊在桌子上。

海绵

一早醒来，感到自己像一块饱吸水分的海绵，沉甸甸的，如果稍加移动，就要溢出水来。我决定与另一名医生调休一天。

我沿着山路，进入山中。这是一座被人遗忘的水库，或许因为偏僻，或许因为太小，但对于我来说，一切刚刚好。库水不深，清澈，可直视卵石、水草和鱼儿。

我在水库边坐下来，水面上浮着一张熟悉而陌生脸。我对着这张脸，喋喋不休地诉说着自己的焦虑、痛苦和烦恼，过去、现在及将来，就像我的许多病人一般。我还将留在记忆里的一些病人在我面前的抱怨、哭诉重述一遍。说着说着，那张脸像饱含水分的海绵一般，在我面前渐渐沉了下去。水面泛起一阵涟漪。

当水面安静下来时，我感到一身轻松。

"你能不能来一趟诊所，你的一位病人可不想换别的医生。"与我调休的医生打来了电话。

这时，水中浮出一块海绵，像一条鱼突然跃出水面，带着闪烁的水珠，水珠带着笑声。

"好吧，这就来。"我像风一样，朝我的诊所飞去。

气球

　　天气格外阴霾，也许要下雪了。一棵光秃秃的树上，缠着一只瘪气球，伴着冷风，飞不起，落不下。一个穿白色羽绒服的姑娘，在树边徘徊不定。

　　是小金。

　　"小金，快进来呀。"我隔窗喊道。

　　进入诊所，好一会，她才暖过来。

　　"这一次你担忧的又是什么？"我问。每一次前来，她总是遇到了令她担忧的事。

　　"朋友叫我在她的婚礼上弹钢琴。"小金将双手插进一头蓬乱的头发中，迷惘地望着我。

　　"我记得上周你曾担忧朋友婚礼上表演的嘉宾中没有你，"我说，"现在为什么还要担忧？"

　　"我怕弹不好，我不想弹了。"她握着空拳头，仿佛想抓住什么。

　　弹钢琴可是她的特长。如果不是因为患双向情感障碍症辍学，这会儿她应该坐在某大学艺术系宽敞的琴房练琴呢。

　　"你还没弹怎么就怕弹不好呢？再说，即使弹不好，又有什么关系呢？"

　　"我就是担忧所有的一切。"她抓住我的手，绝望地抽泣起来。

　　我对她有一种放大的同情，但对她的病症我一点办法也没有，就像

156

当年对我自己的病症一样。

"你看！"我指着窗外。

窗外，一个女孩，正努力往那个瘪气球里吹气。女孩的腮帮几鼓几瘪，那只气球飞了起来，越过树梢。

她的眼追随着冉冉上升的气球，停止了哭泣。

弟弟的能力

弟弟具有超人的观察和强记能力。至今，当人们提起他时，仍一致认为他在我们那个城市举世无双。

弟弟的能力，在他上学不久就得以显现。一堂数学课上，当其他同学数着自己的手指头，回答一只手有五个手指头，两只手有十个手指头时，弟弟回答：老师目前的头发有十一万六千七百三十一根。

老师说，不要虚拟数，换一个。弟弟眨一眨眼，说：您左眼的上眼睫毛一百五十六根，下眼睫毛一百三十五根，右眼的……"

数学老师第一次陷入了从事教学工作以来的困境。他索性脱下毛衣交给弟弟。弟弟盯一会儿，回答：一万七千八百六十四针。数学老师不信，花了三个半小时后，才露出无比惊讶的神情。

语文老师也发现了弟弟的异人之处。语文老师在教学生学会查字典的方法后不久，在一次课堂练习中，弟弟即兴报出了每一个字在字典的页数和字义。

弟弟的脑子像一架复印机，只要看过，就一字不差复印到脑子里。弟弟不断跳级。

学校的外语老师拿弟弟做实验，给他上不同的外语课。就这样，弟弟不费力气掌握了八国语言。12 岁时，这位人尽皆知的神童进入了少年科技大学，并以优异的成绩毕业。

弟弟在科研所上班后，电脑得到了普遍的应用。同事们借助电脑，就可以轻松秒找所需的资料。弟弟那百科全书式的大脑渐渐失去了耀眼的光泽，毕竟，电脑的容量比人脑大得多。弟弟成为没有任何研究成果的科技人员。

三年前，弟媳离开了他。我前去安慰，弟弟靠在沙发上，喃喃自语：怎么会这样？我与她相识二千一百九十五天三个小时五十六分以来，她对我说了一千九百次"我爱你"，她每一次说"我爱你"时的时间、场合、衣着、神情，我都记得清清楚楚。

我实在不知道该如何安慰弟弟。

去年，弟弟郁郁而死。

反转

"救命恩人，要不是您将我送到医院，我早就死了。您是上帝派来的使者吧……如果我死了，来生变成一条狗来报答您的恩情……"

"恩人，医生说我的手术很成功，双腿可以保住了！可我实在拿不出这么多的医药费啊……什么，您叫我安心养病，医药费您负责到底？天啊，是不是我听错了？我怎么有那么好的运气？"

"先生，我今天出院了，医生说先是一周检查一次，再是一月检查一次，然后半年检查一次……如果没问题，就完全康复了。我的贵人，这是您的家？上帝有眼，好心人真配拥有这样漂亮、宽敞的大房子。您让我住这一间，太高兴了。别说是住，我连做梦也没想过能走进这样的房子，真是因祸得福。您说您负责到底，等我完全康复了，再送我回家。太好了，我完全同意。"

"喂，你怎么那么无情？你不是亲口说过，对我负责到底。什么，你说我现在比以前更加强壮？谁能保证以后我不生病？生病了怎么办？我得再住一段时间观察一下。"

"狗娘养的，你又救了一个人，要住进我的房间，花费本该给我花的钱？你怎么不经过我的同意，你怎么能践踏我的人格？我已经习惯了这里的生活……你叫我离开，没门！呸，你这个婊子养的，若把我惹急了，不信我放火烧了这房子！"

飞翔

一直以来，对于自己是否具有飞翔的能力，他心存困惑。

以前，他曾梦见自己拥有一双隐形的翅膀，飞过一条条河面。近来，他频频梦见自己的飞翔，有时竟搞不清究竟是在梦里还是梦外。

昨天晚上，他和同事们沿着河岸步行，想到对岸的一个地方去。桥离他们很远。落在最后的他抬起双臂，张开隐形的翅膀，贴着河面飞了起来。眨眼到了对岸。等了好长时间，同事们才姗姗而来。可是，他们却没有一个人注意到他的秘密。他有些窃喜，又有些失落。

飞翔给他带来了莫名的兴奋，很多时候成为他生活的意义。他常常盼望晚上能快点到来，走进自己设计的梦境里。在梦境里，他越来越会飞了。他为自己的表现感到骄傲。渐渐地，他已不满足于晚上的飞翔。

白天是乏味的，有时他会就闭上眼睛，酝酿着飞翔。一天，他放下手头的工作，进入了自己设置的一个场景：高高的峡谷上，下面是万丈绝壁，他猛地俯冲下去，在人们的惊呼声中，他上下翻飞，花样百出，最后轻轻地落到原处。人们抬着他，又叫又喊，他成了英雄。似乎有人在叫他，他极不情愿地睁开眼，不知什么时候，桌上又多了一份近期未完成的工作指标。唉，真烦人。他揉揉双臂，觉得有点酸，这应该是飞翔之后疲乏的表现。他确信这不是梦。

第二天出门时，他遇到一位女人正叮嘱一个小孩：路滑，要一步步走，看清脚下的路。他无声地笑了。他望了望天空的太阳和云彩，伸出双臂，闭上眼睛，两腿一缩，只听砰的一声，他重重地落在了家门口的一条臭水沟里。

遗照

灵堂内，哀乐低回，在黑纱缠绕的照片中，A 静静地微笑着。

许多人看着照片，为曾经无视 A 的绰约风姿而惊叹，甚至自责。

我盯着遗照，在脑子里搜寻着答案，以致忘了流露悲哀的神情。

我和 A 是同事，好得像一对孪生姐妹，我俩敞开心扉，无话不谈，若有谁向我俩的一方请教问题，找到另一方也能达到同样的目的。

有一天，走廊里传来两位同事的对话。一个说，一对孪生兄弟若找不到一对孪生女友，找她俩也一样。另一个说，那还是有区别，找 A 明摆着要吃亏一点。

这算什么话？我除了有摄影特长，A 到底在哪里不如我？我为 A 而不平。她却微微一笑。

A 患病两年来，早知治愈无望，走得还算从容。遗照上的穿着，是我半年前陪 A 一起买的应季服。当时 A 有一张圆润的脸，照片应该就在那次买衣服之后不久所拍。

旁边有人指着照片说，一定是你拍的吧。

我徒劳地开合了一下嘴巴。摄影师是谁？遗照上 A 微微上翘的嘴角，陌生而神秘地对着我微笑。

重塑记忆

看到小伙子闭上眼睛，停止挣扎后，曼哈尔熟练地在小伙子的两个太阳穴上接了两根电极，用微创法将一只鞋底状的凹凸不平的迷你印模，嵌进了他的后脑。

这位脑神经研究专家，自从成功实施重塑记忆的动物实验后，想着手进行人类记忆重塑微创手术实验。曼哈尔知道人们对开颅动脑这类手术非常忌惮，对于能否找到献身科学实验者不抱大的希望，只好向一位善于交际的同行求助。他怎么也没想到，仅仅几天时间，他的实验室竟然门庭若市，按一天动 5 例手术的进度，今后 6 个月的日程都排满了。

他有趣地发现，那些实验者基本是被迫而来，或者本人根本不知情。谁都希望保存个人的记忆，即使是不愉快，甚至是痛苦的，那也是自己生命的一部分。

那些被迫来到医院的人，都十分激动。刚才，这个名叫彼得的小伙子，被保安们捆住手脚，强行送到这里。彼得从下车到被麻醉前，一直挣扎着，大吼大骂。

曼哈尔想，再等一会，我就会帮你解脱愤怒和痛苦了。

A 公司的执行董事，昨天一早，就与曼哈尔就彼得的症状有过详细交代。彼得受人蛊惑，对 A 公司的起家史及其目前正进行的工程散布谣言，提出质疑，责骂执行董事为披着羊皮的狼，并提出辞职。彼得是工程的首席设计师，没他不行。执行董事只好求助于曼哈尔。

曼哈尔一笑，问：除此以外，还有什么需要抹去或更改的记忆？

执行董事将一篇十万字的公司宣传文件交给了曼哈尔。

曼哈尔为彼得量身定做了鞋底状的记忆重塑棒，凸出部分可以抹去现有的记忆，凹进部分是塑造没有的记忆。

当彼得张开迷茫的双眼，曼哈尔对他说：小伙子，你工作时昏了过去，幸亏你的执行董事叫保安及时将你送过来，你的后脑摔伤了，缝了几针，过几天就会痊愈。

彼得打了个哈欠，像换了个人似的，对曼哈尔说：医生，快叫人送我到公司，我得尽快投入一项崇高的事业。

陌生人的问候

"见到你真高兴。"在电梯里，一个邻居大伯问候我从乡下来的母亲。

母亲红着脸，低着头，不响。

到了家，母亲一边照着镜子，一边怯怯问我："他究竟是谁？为什么每次见到我让他这么高兴？"

笔记本

　　过两天，我就要退休了。我在办公室整理出几十本笔记和两大橱柜资料，咬咬牙，该粉碎的粉碎，该扔的扔掉。现在，我坐在空荡荡的办公室里，拼命回忆：三十多年来，我都干了些什么工作？当我想起翻翻笔记本时，才发觉，它们已不在了。

友谊

当我得知兰在这么多的闺蜜中，单单选中我做她的伴娘时，我愣住了。原来，兰对我的感情最好。

我相貌平平，又不善打扮，平时在美丽精致的兰面前相当自卑。兰曾多次建议我去整个容，报个塑身班什么的，以便提升个人素质，"否则，有哪个小伙子会找你做女朋友呀？"她说。我依然我行我素。在她眼中，我这个人没得救了。

我诚惶诚恐地做着伴娘，早知道这样，我应该会为兰做个微整容，怕自己的模样让新娘感到委屈。兰却一改以往对我的冷淡，要我时刻站在她的身边，接待嘉宾，收取礼物，帮她拿酒瓶。我感动得暗暗流泪。

事后，我观看了婚礼录像，看到一位浓妆的天仙在一个矮胖的灰姑娘的衬托下，美的更美，丑的更丑。

田野里

黑皮肤男人一个趔趄，倒在水田中。溅得黑皮肤女人一身泥水。他一骨碌起来，索性将沾了泥巴的草帽和衣服抛在田畦上。

黑皮肤女人说："你身上也是泥巴。"

黑皮肤男人说："防晒、防雨又当衣。"

黑皮肤男人继续和黑皮肤女人一起低头插秧。大多数时候，没有说话。偶尔，直起腰，伸展一下胳膊、腿，当看到齐齐整整、油油绿绿的秧田在身后慢慢扩展开来，脸上便漾起了微笑。

不远处，站着一对白衣服的男女，戴着帽子、墨镜，女的还披着防晒衣，围着围巾。两个人露在外面的手，像在奶汁中浸过般白嫩。白衣男人端着相机，按个不停。白衣女人湿润着眼眶，说："太苦了，太苦了！他们为什么不逃离？"

白衣男人叹了一口气，说："他们还蛮高兴的，都麻木了。"

面对突然出现的白衣男女，黑皮肤男人瞟了他们一眼，继续种田。一会儿，他对身旁的女人说："裹成粽子一样，是患上什么疹了？"

黑皮肤女人笑了，说："城里人不让皮肤晒黑。难看。"

黑皮肤男人说："原来是说我难看来着！"

黑皮肤男人用手点一下黑皮肤女人的脸，女人的脸上绽开了一朵泥花。

黑皮肤女人还一下手，黑皮肤男人的脸上也绽开了泥花。

黑皮肤男人说："种田有什么好看？他们知道泥巴抹在身上有多清

凉吗？"

　　说完，他们边笑，边干活。

　　女衣男人和女人看了田野里的情境，彼此对视一下，惊讶得张大了嘴巴。

美食

黄昏时分，男孩又在垃圾箱里翻拣。这次是一个饭团。丢饭团的好心人用纸袋将饭团裹得紧紧的。饭团又冷又硬，但十分干净，更没有发馊。真是幸运。

这样的食物，不必挑挑拣拣，尽可以坐下来，闭着眼睛吃。于是，他来到公园里，坐在一条石凳上。他看到隔着几棵树的石凳上，坐着一个女人和一个女孩。女孩和他差不多大。女人拿着一只粉红着的点心盒，打开，一缕香气被他吸进了鼻子里。

他熟悉那种香气。好几次，他从一家烤牛排店前经过，那种香气，惹得他不停地咽着满口的唾液。连气味都那样香，牛排的味道一定很好。到底是怎样的好法？他想象不出。好几次做梦时，每当他快要吃到牛排了，却不断有人来打扰他。

女人对女孩说了几句话后，转身离开了。女孩对着好看的点心盒，皱着眉头。她将眼光落在男孩的饭团上。男孩立即收回眼光，脸唰地红了。

要不，我们换一下美食好吗？女孩说。

他抬起头，四处看了看，周围没有人。原来女孩在跟他说话。他第一次听说，他手中的东西可称作美食。

女孩捧着点心盒走了过来，她将点心盒递给他。

男孩的心狂跳不止。莫非又在做梦？他一手递上饭团，一手快速地接过点心盒，仿佛接住了一个梦想。

他们都低着头，吃了起来。女孩很快吃完了饭团，然后，她将粘在纸袋上的几粒饭一一送进嘴里，说：谢谢你，我第一次吃到这样好吃的美食。

男孩惊诧得看了女孩一眼，其实这正是他想说的话呀。原来，牛排的味道，比想象的更香、更美。男孩顾不上回答，他怕一回答，香味就从嘴巴里逃了出去。他吃得很慢，想让嘴巴永远记住这种味道，想让这个梦拉得再长一点。

突然，女孩说：快一点，我妈妈来了。

男孩一慌，将剩余的牛排一下子全塞进口中。真是浪费呀。他想。

鸟巢

迎着刺骨的寒风，她慢慢地走在回家的路上。乘了一天的动车和中巴车，已累得筋疲力尽。如果不是母亲催得急，这个年关，她仍不想回家。

当初，为了追求幸福，她与父亲大吵一场，赌气离家。如今，当所谓的幸福成了泡影，她不甘心，也没脸回家面对父亲。三年来，与母亲偶尔的通话中，母亲小心翼翼，从未提及父亲，她也不好意思询问。这一次通话，她脱口而出：爸爸还好吗？

母亲说：你爸爸不干正事，整天不知在玩些什么东西。

此刻，满脑子都是关于父亲的回忆。小时候，父亲对她几乎有求必应，除了那次掏鸟巢。一天下午，一个男孩在树上掏来一个鸟巢。她央求男孩让她玩一玩。男孩说，就一会儿。她捧起半球形的鸟巢，它是用稻草芯和细树枝做成，十分精致。她很好奇，鸟是怎么做成的？她求男孩送给她，男孩不肯。她拉着爸爸，来到一棵树下，指着树杈间的一只鸟巢，说：爸爸，我要这个。父亲爬上树，看了看，说：里面有一只小鸟，那是它的家，她的爸妈回来找不到它，怎么办？她哭着闹着，父亲就是不掏。

远远的，她看见站在家门外的母亲。母亲拉住她，左看右看，说：回家了就好。她问：爸爸呢？母亲朝自家的院子努努嘴：你爸爸像个小孩，搭了一个草窝，搭搭拆拆，三年了。

她怯怯地跨入院子，父亲蹲在一个形似草窝的东西前。

爸爸。她叫道。

父亲抬起头，指着那个草窝，莫名其妙地说：你进去坐坐。

她进去，坐下。她发现，那个半圆形的草窝，用稻草、树枝搭建而成。坐在里面，舒适而温暖。身上的寒意和倦意，开始缓缓消解。突然，那天午后的时光，像一缕阳光，照进了她的心田。她惊喜地喊道：鸟巢！

眼睛

下班了，公司的门口涌出一大群员工，笑着，说着，搅动着凝固的空气。她揉了揉僵硬的腿，从台阶上慢慢站起来，紧盯着一个个从身边走过的人——确切地说，是一双双眼睛。

人越走越少，当门卫关了大门，她依然没有发现那双熟悉的眼睛。她茫然地望着那扇大门，在心底呼喊：你在哪里？其实，连她自己也搞不清，她是在呼喊自己的儿子，还是在呼喊丁姑娘。

儿子走后，她依着儿子的意愿，将他的眼角膜捐给了陌生的丁姑娘。两年前，当丁姑娘到她家来看望她时，她望着丁姑娘像星星般明亮的眼睛，怎么看也看不够。她觉得，丁姑娘的眼睛，像极了儿子。

两年来，数不清多少次，她站在公司附近，偷偷地望着那双眼睛，琢磨着眼睛里的内容：是委屈、幸福、得意，或是倦意？即使面对面，丁姑娘不认识她了，那也没有关系。她只想看看她的眼睛，就已足够。

有一次，她发现，那双眼睛有些红肿，好像刚刚哭过。她的心一下子被揪紧了。直到第二天，她看到它恢复了平静，心底的石头才悄悄落地。

可是，今天，下班已过去一个多小时了，为什么还不见那双眼睛？她像丢了魂似的，敲开公司的门，问门卫：丁姑娘今天上班了吗？门卫说：辞职了。你知道她的去向吗？不晓得。门砰地关了。她跌坐在路边的石凳上，泪水盈满了眼眶。

不知过了多久，她慢慢抬起头来，看到天幕上有许多星星，一闪一闪，晶莹透亮，就像她念念不忘的那双眼睛。

丈夫的呼噜

　　求求你，消停一会吧。每天半夜，一阵响过一阵的呼噜声，总是绞碎我的梦。在我半埋怨半请求后，呼噜声会停顿一下，没过一分钟，该死的声音又继续响起。是分房而卧，离家出走，或离婚抗议？我睁着眼，在漫漫的长夜里，一遍遍无助地思索着对策。恨不得也打呼噜和他对抗，可惜不会。那一晚，平时高昂的呼噜声像奔驰的汽车突然来了个急刹车，戛然而止，房间安静得可怕。我一弹而起，摇着丈夫的身子，央求他快打呼噜，越响越好。

钟点工的回答

　　下午，当钟点工匆匆赶来时，我还沉浸在上午一个讲座的氛围中。好像，别人夸我博学多才的赞美和掌声还围绕着我的左右。我扫了一眼钟点工，问她：目前世界的格局是什么？哪些国家在进行核竞赛？关于飞碟有了什么新说法？钟点工拿起一块黑不溜秋的抹布，顾不得抹去脸上的汗水，就埋头揩起地来。过了许久，她斜我一眼，说，这算什么，又不能当饭吃。

天性

　　从那天起，她成了猫的主人。她更愿意说是猫的妈妈。至少，在儿子不在家的时候，它就是她的儿子。她给猫洗澡，穿衣，穿鞋，与猫一起进食，给它吃儿子最爱的牛排，甚至教它唱歌，说话，写字。朋友来串门时，她跷一下大拇指，猫翻个跟斗；竖一根食指，猫站起来作揖；伸出小指头，猫跳起舞来。客人哈哈大笑，赞她驯猫有术。一次，散步时，看到猫东张西望，她扭转它的头，训练它如何做到目不斜视。猫却从她的怀中蹿出，不听她的呼唤，一会儿，它叼来一只半死的湿漉漉的老鼠。她吓得尖叫起来。她最怕的就是老鼠，儿子也是。回到家，她给猫洗澡，边训斥，边打它的脑袋，想让它长点记性。猫呜地一声，咬住了她的手指。

看法

　　他们习惯在散步中闲聊。妻子指着花丛中的月季，说，太美了。丈夫凝视着花，说，我也喜欢月季的香气和颜色。他们经过竖在路边的一座名人的石雕。丈夫认为，无论是雕塑水平，还是摆放位置，都不是理想的选择。妻子完全同意丈夫的看法。妻子和丈夫对望一眼，对于他们在许多方面一致的看法都感到欣慰。这时，迎面过来一个男人，彼此打了招呼后，各走各的道。丈夫说，那个人很阴险，蚊帐洞似的小眼睛，透出的都是阴光。妻子说，我觉得他很阳光，对别人也充满善意。丈夫说，这也是他阴险的一面。妻子说，净是些乱七八糟的看法。为此，他们吵了起来。

偶然性和必然性

在遥远的异乡，他遇到一位走在他前面的姑娘。他看着她的背影，想，如果她回眸一笑，他想让她成为他的妻子。

她像得到感应似的，停下来，回眸一笑。

几年后，他是一个孩子的爸爸，她是一个孩子的妈妈。

珍珠项链

她接过他手中的首饰盒，打开，里面是一串珍珠项链。

喜欢吗？他问。

多年前的一天，当她在一本精美的画册里看到一帧珍珠项链的画面时，被深深地吸引住了。一粒粒被放大了的珍珠，圆润细腻，熠熠发光。她猜想，这串项链的主人，会是怎样的优雅动人？会有一个怎样的幸福人生？从此，她对每一个遇到的戴着珍珠项链的女人，总会多加留意。

她有许多首饰，但它们与珍珠项链相比，都黯然失色。她多盼望自己能拥有一串完美的珍珠项链呀。只是，她所看到的，远不及画册上的美。她几乎跑遍了所能找到的首饰店，连出差、旅游之际，也要到当地的首饰店去看看。

有几个人送过她珍珠项链，却没有一条令她满意。他与她相处已两年多了，好几次表示想送她珍珠项链。她都说，等一等。就像面对他的一次次求婚。

这一次，事先他没经她的同意。她看了一眼礼物：这应该是她亲眼看到的最美丽的珍珠项链，她捧在手中，细看，还是找到了些许瑕疵。她轻轻地摇摇头，将首饰盒还给了他。

好多天过去了，没有一点他的消息。她打通他的手机，说：要不，再让我看看那条项链。

他淡淡地说：我已送给别人了。

淑女

她安静地半坐在沙发上，盯着电视里正滚动着的一则新闻：2 点 30 分，W 城发生地震，损失惨重。

她怔了一下，轻轻抿一口茶，轻轻放下茶杯。想着明天告诉培训学校的学员们，当听到这样的消息时，她们该有怎样的表情，或是她该作出怎样的示范。作为这个城市淑女的典范，每个人都以她为荣。

哪个女子不希望成为淑女？她开办了淑女培训学校，为城市培养了大批的淑女，她的名气更大了。

她双手蒙住脸，轻轻地哭泣。不，应该是啜泣。不对，她的一只手碰到了茶杯，茶杯发出"砰"的声响。这可不行，双手的动作幅度太大了些。这时，她的左腿发痒，她轻轻用右腿碰一下，瞬即分开，算是挠痒。

这时，她仿佛看见天花板上的顶灯微微一动。突然，她脱下外套，换上睡衣，蓬头赤脚，从家里跑到街上，挥着双手，大呼小叫：地震啦！地震啦！！

那一刻，可真畅快。地震真好。

182

崇拜

　　她从懂事起就崇拜一位了不起的英雄。遇到任何大小之事，父母总是这样说：英雄怎么讲，英雄怎么做。仿佛，天下没有英雄不知道或不会的事。

　　她在心里多次为英雄画像，她多么想知道英雄的模样。在她的万般恳求下，爸爸终于同意为其画一幅画像。父亲点燃一支檀香，在门板大的纸上，画了起来。她问父亲，你见过英雄吗？父亲摇摇头，说，是别人告诉我的。妈妈发出一声惊叫，你把英雄的脸画小了。爸爸紧张得另换一张纸。一会儿，妈妈又是一声音惊叫，不对，英雄的背挺着像钢刀。就这样，妈妈惊叫一声，爸爸就换一张纸，等最后一张纸用完了，还是没有画出英雄的完整形象。爸爸自我检讨说，怪我的画技和纸笔太平凡了。

　　她对英雄更加崇拜了。

　　有一天，爸爸告诉她一个天大的喜讯，这位英雄明天就要到这个城市来了。她带着百倍望远镜和远程采声器，连夜赶到广场排队，以便占据好的位置。第二天，在狂欢的人群中，英雄终于出现了。她从望远镜中，看到一位披着金色风衣的男人，不停地说着话，挥着双手。她紧盯着他的脸。突然，他的神情有些古怪，同时，她的远程采声器里传来一个奇怪的声音——天哪，是放屁声。霎时，她听见心中轰的一响，仿佛是一幢大楼坍陷的声音。

下水道

开门的是阿甘。他弓着背，托着腰，说一声"茶你自己倒"，就不声不响窝进客厅的沙发里了。我吁了口气，谢天谢地，总算见到了他。这些天，打他电话，总是不通，我的心七上八下的。

"好点了吗？"我问道。阿甘没回答。下巴的领地，已被胡子占领，像一把奇形的毛刷。这段时间来，他不知得了什么怪病，先是感觉嗓子堵得慌，后来发展到全身堵得厉害，喘不过气来，还这里疼那里酸，看了医生，也查不出什么病症，把好不容易找到的工作也弄丢了。

为了打破沉默，我对阿甘说：我给你讲个故事吧——

我的朋友阿柱，整日奔波于一个个下水道之中。不知为什么，城里总有那么多人，每天需要疏通下水道。那段时间，正值数九寒天，阿柱的电话从早响到晚，却没有盼来那个他一直等待的电话。

阿甘闭着眼，一动不动，仿佛进入了沉沉的梦乡。

也许是劳累过度，一天早上，阿柱腰酸背疼，等到肚子咕咕发出抗议时，不得不起床。幸好，还有一个面饼。碗橱里找不到一只空碗，他只能打开水龙头，清洗起塞在水槽里的碗盆。泛着油腻和霉斑的污水，在水槽里打着转，像一潭死水，久久不肯下去。

阿甘半睁着眼，有气无力地说："这有什么奇怪，我们这些人，不都是这样吗？"我一眼望去，空荡的屋子，破败的沙发，只有高出水槽的大大小小的碗，显得活色生香。

阿柱苦笑着："什么时候，水道工的家也堵塞了？"他趴下身子，熟练地拧开下水道接口处的盖子。"弓"字形的下水道立即分开，形成上下两个部分，上边通楼上，下边连楼下。他拿起一根长长的铁钩，探入下半部分，钩出的烂菜叶、鱼肚肠、腐肉等，竟有一大堆。馊腐的气味向鼻孔深处阵阵渗入，令他干呕。他感到不可思议，之前怎么从没想过要清理自家的下水道呢？

正当他要拧上盖子时，听到刚清理过的下水道的下半部分，传来一男一女的争吵声，突然，砰的一声，不知什么东西碎了。恍惚间，他还以为是自家以前经常发出的这种声音的录音回放。

"这是真的吗，下水道能传声音？"阿甘睁开眼，缓缓地爬起来，坐靠在沙发上。

阿柱又检查了上半部分的水道。水道里附着头发丝、烂菜叶等物，还有几根湿漉漉的鸡毛粘在接口处。一个女人的哭声从管道中传来。凭清晰度判断，应该来自于上面的那层楼。难道是那位常年化着精致妆容，梳着花样头发，穿着高级套装的漂亮的女人？据说，她是一位成功人士，每次在电梯里遇到她，看到她目不斜视的样子，他慌得竖下眼睛，一双高跟鞋在地面闪闪发亮。

阿甘叹息道："是啊，这种女人，我们能有资格看吗？"我本想说，"你有小梅看就行了"，话到嘴边，赶紧缩回，怕惹起他的伤心。

此后，每当阿柱在其他居民家，拧开一个个下水道的盖子时，就忍不住听听里面的声音。事实上，每次总能听到不同的声音，就像面对一只只打开开关的收音机。他边干活，边收听，给单调的活儿平添一些乐趣。那些声音，有男有女，有老有少，有清晰，也有模糊，或者是隐隐约约，若有若无——这与音源离他的远近有关。他不明白，不管是高级公寓，还是普通民居，为什么有那么多的哭泣、争吵、怨怼，将一个个下水道也堵得满满的。当然，他偶尔也会拧开自家的下水道，听到同一个女人的呜咽和叹息。有一次，他突然想在那里说几句话，怕惊吓了人，只好作罢。

不知什么时候，阿甘坐了起来，盯着水槽下面的下水道出神。仿佛，他对那里也发生了兴趣。

有一天，阿柱接到一个女人的电话。女人详细地告诉他，她的家庭住址。正是他家里的上面一层。他十分感慨，上下层楼的邻居，第一次以这种方式接触。过了 10 分钟，他去敲门，开门的是一位身着家居衣的年轻女人，穿着拖鞋，头发随意扎成一个马尾巴。既熟悉又陌生。一只断了跟的高跟鞋，斜躺在门边，失去了往日的光泽。家里蒙着一层灰尘，水槽里也堆满了各种碗碟。

女人对他的快速到来表示惊奇。要知道，这个城市到处塞车。女人递烟，敬茶，十分客气。等他疏通完下水道，准备告辞时，突然想到了什么，他重新回到下水道边，女人问："怎么了，还有问题吗？"他没有回答，拧开下水道的盖子，趴下，对着下半部分喊："喂，喂。"然后，就像对着一只麦克风，哼起了一首将要遗忘的欢快的歌。跟着过来的女人，先是一愣，随后也弯下腰，跟着他也唱了起来。仿佛是回应，刹那间，他好像听见"哗——"的一声，从下水道的深处传来。仿佛，铁钩子够不着的部分，也畅通了。

阿甘见我闭上了嘴，问："还有呢，怎么不说了？"

我说："没有了。"

阿甘坐了起来，认真地看着我，说："什么时候，老兄也帮我清理下水道好吗？"

高跷表演者

当同伴们小心翼翼一步一步挪动脚步时，他在大步前行中，一会儿翻个跟头，一会儿跳个舞。人们被他精湛的表演所吸引，奔跑着跟上他，纷纷议论着：

"他怎么会踏得这样好？是不是天生就长得高？"

"你看到过有长这么高的人吗？"

他掩不住满脸的笑容和骄傲，在心里说："我就长这么高嘛。"

其实，他生来十分矮小，一走进人群，就像水珠滴进河中，瞬间就被掩没了。自从学习踏高跷技艺后，一切发生了改变。在两只脚上各绑住一根硬邦邦的长木跷表演，看似简单，其实非常难。许多人踏上高跷后，连走路也学不会。他庆幸自己与木跷有缘，学得那么顺利。踏上高跷，他比全市那个人称"电线杆"的最高个，还远远高出了一大截。

为了将这项技艺练得炉火纯青，他下了苦功，与木跷形影不离，连晚上睡觉也不例外。床的长度不够，他蜷缩着睡；浴室水龙头太低，他蹲着洗澡；乘公交车时，他趴着爬上车。渐渐地，他将木跷视作他身体的一部分，再也不想卸下。他将木跷制成脚和腿的形状，连小腿后面的青筋、脚上的五个脚趾头也雕得惟妙惟肖，漆上跟肤色一样的油漆，顶端穿上袜子、鞋子，木跷的外表与真腿几乎一模一样。一年四季，他赤着脚，踏在木跷上。脚与木跷融为一体。他才不像其他人那样，穿上袜子和鞋子后才踏上木跷呢。他特制了许多条长腿裤，晾晒的时候，裤子从二楼的阳台一直拖到一楼的窗户边，可威风了。

　　对门的那个大眼睛姑娘，一遇见他，就仰视着他。以前，她连正眼也懒得瞧他一下。他将头一扭，不想搭理她。他经过的地方，身后总跟满了人，人们向他问长问短，甚至对他的一日三餐也感兴趣。高高在上的他，觉得自己就像一位总统慰问民众。他常常弯下腰，和他们亲切地握手。一天，一个小伙为了表示对他的尊重，央求路旁的吊车司机将自己吊起来，与他对话。还有一天，在一个男孩的恳求下，他将屋顶上的风筝和足球拿下来，递给男孩。男孩的爸爸拉他到家里，请他喝酒、吃饭，好多人拥进来，用羡慕的眼光看着幸运的主人。他想，如果你们够诚意的话，总有一天，这份幸运也将降临到你们头上。

　　现在，他无比同情那些矮个子们（当然也包括寻常人），同情他们因身高影响了视野，他们看不清树梢上的叶子怎样活泼地随风摆动，鸟窝中的鸟儿如何闭着眼睛孵蛋，阳光如何透过屋顶的玻璃直射进来，天花板上是否长着霉斑，电线杆上是否粘着鸟屎，更别说能够到高处。他觉得，用"站得高望得远"来形容高个子的好处，远远不够。他在看动物世界的电视节目中，常生发联想，他将一般人比作山羊、兔子，个子高一点的，最多也只能算牛、马，自己则是长颈鹿，能吃上别的动物够不着的鲜美的嫩叶。

　　一段时间后，他几乎忘记了没有木跷行走时的感觉。出于好奇，一天，他卸下了木跷，突然，身体一下子降了下来。他大吃一惊。更让他吃惊的是，两只脚底猛地疼痛起来，还出了一点血，原来木跷粘走了脚底的一层皮。跨出门槛时，他习惯性地弯一下腰，头差点碰到地上。他一瘸一拐迈开双腿，发现脚步那么小，简直像蚂蚁在爬，他一下子失去了往日的自信和气势。本来可以俯视的东西和人，现在却要仰视。这时，偏偏碰到了那个大眼睛姑娘，她又恢复了以前对他的态度。路上行人匆匆，谁也顾不着瞟他一眼。他像灰尘般，独自飘来飘去，无人理睬，他慌忙回到家，直到绑上木跷，才安下心来。

　　有一天，他在表演节目时，没看清地面，被一颗小石头绊了一跤，重重地摔倒在地——右腿骨节断裂了。他忍着剧痛，先仔细检查了那对木跷，谢天谢地，完好无损。当主办方派人抬着担架要送他上医院时，他执意回家——到了医院，如果医生坚持将木跷卸下来，叫他如何是好？此后，他闭门谢客，钻研起骨科来。一次，他看见电视里重播着他的节目，在成千上万的人群中，他鹤立鸡群，人们都仰视着他。他热血沸腾。他终于等到腿骨节康复的那一天，踩着高跷，迫不及待走出了家门。

评论：贯通于小说和散文间的诗性表达
——蒋静波近作《男人女人》印象

沈潇潇

守望

他说，你知道吗，我一直喜欢你。

我怔了一下。心似翻滚的海，波涛汹涌。即使他的妻子已亡故，即使他依然拥有纯真、清新的气质，即使我与曾经的丈夫已毫无瓜葛。我低下头，无语表达。

下雨了，他将皮外套脱下，在我头顶撑起一方天地。我犹豫着，与他共享着这方小天地。忽然，害怕什么时候会有一个无法拒绝的拥抱，迅速跑开。

一条小河挡住了去路，我在小河边徘徊。我自己也不知道：是夜幕遮住了去路，还是根本没有出路？或者，是恐惧已使我丧失爱的能力，还是我只想飞过岸去，与他隔岸守望……

真相

他打开手机，给我看一张照片。照片上的一对男女正在林阴间亲吻。我不认识女的，但认识男的，他是我的……丈夫。

我无力地靠在树上，仰望苍茫的天空。却没有伤悲，一切似已在意料之中。

"对不起，惹你伤心了。我只想让你知道，你的丈夫已有情人。"他说着，慢慢挨近我。

我一把推开他："随他去吧，我没事。但我还是不会答应你。"

"为什么？还在……向着他？"

"我一直……只对自己负责。"

我是谁

厨房里，传来丈夫的一声尖叫。他高竖着流血的食指，冲到客厅。

我不慌不忙地从抽屉里拿出一只创可贴给他，继续擦桌。他将创可贴撕开，贴在手上，嘟哝一句："你可真冷酷。"

出门途中，遇见朋友娟。娟的表姐是我的邻居，一直夸我对邻居的事情总是有求必应，帮了很多忙。分别时，娟拥抱着我："你真是个热心肠的人。"

我去母亲那儿坐一会，母亲唠叨了许久，她最后的唠叨是："别太操心了，看你这几年老得那么快，快成老太婆了。"

过几天，一位同学来访，一见面便惊叹："呵，多年不见，你怎么还是那么年轻、漂亮。"然后打电话约几个同学晚上小聚。我推托有事，同学大眼一瞪："你是我们的开心果，你不来，我们乐不起来。"

我是谁？回家问女儿，她说："你不就是个严肃、无趣的人么。"

这是蒋静波近作一组总题为《男人女人》的微小说（载 2016 年第 10 期《文学港》）中的三篇。我之所以要在这篇短评的开头全文照录这三篇，一是因为它们在这一组九篇微小说中篇幅最短，三篇加起来还不到 800 字，二也是以此对没有读过这组微小说的读者先来个预热，以便于对这篇短评的阅读。

我觉得在蒋静波的这组微小说里有一种诗意。所谓诗意，大致是指文学创作者（特别是诗人）对于现实和自我感受的一种诗性表达。文学作品的诗意或诗性表达涉及方方面面，在这组微小说中主要体现为，一是强烈的主观感受抒发和主观视角的观照选择，二是故事的隐形和表现的删繁就简，这两者使小说呈现空灵的诗境。再读她的若干散文近作，我看到了它们与这组微小说的互通之处，也看到了两种文体之间的边际在某种程度上的消融。这些，都给我以清新的阅读感受。

小说相形于其他诸多文学样式，其客观性尤为突出。人们往往对一些小说冠以史诗之名——史在前，诗在后。"史"指向客体，是一种实，"诗"偏重主观感受，是一种虚。而蒋静波的这组微小说应该是"诗"在前，而"史"在后——这些作品比较突出主观感受，主观感受的抒发强于对客体的描述，抒情、倾诉的意味相对浓烈。如前面所引录的《我是谁》，从表面的文字看，它明写了别人（即丈夫、母亲、朋友、同学、女儿）对"我"的五种说词，应该归入对客体的描述。但这每一种说词都围绕和指向同一个圆心——"我"，使我在阅读的时候，感受到的却是每一种说词在"我"内心引发的撞击波。这种心理冲击波在文字的表层上似乎没有被写到，但它在文字的暗处确凿存在。看作品结尾的一节，写到了"我"在全篇中唯一的一句话：回家问女儿"我是谁"。"我是谁"是问女儿，更是自问，强烈表达了"我"内心的迷茫困惑。这一问，使得藏在前几节文字暗处的主观感受从暗处亮相在明处，这是其一。再从五节文字描述的客体对象丈夫、母亲、朋友、同学、女儿看，各人之间并无必然的前后联系——除了最后女儿一节，其余四节文字只要稍做文字技术处理，就完全可以像洗扑克牌一样颠倒次序重新任意组合。正因为作品完全用"我"的内心感受的逻辑来串联起这种种说词，突出了"我"的主观存在，所以我们在阅读的时候，却只是强烈感受到"我"和"我"的内心冲撞的存在，而忽略了丈夫、母亲、朋友、同学、女儿等人物的存在。只有"我"是有血肉温度的，其他人物是符号化了的。所以，我们不妨把这几段对别人言语的描述当作是"我"内心的一串独白来读。以强烈的主观代入感，突出"我"的存在，以一种内心独白的逻辑来结构作品，让读者来倾听"我"的歌泣般的独白，这是《我是谁》、也是其他如《守望》《真相》《全家福》《星夜》《瞎眼》等诸篇的特征。

这组微小说的另一个特征，是选择了对故事的弱化或回避，使小说遁出惯常的事件性细微周全的描述形态，呈现了一种像诗那样跳跃、玲珑空灵的形态。这源于作者对日常生活的一种别具慧眼的过滤，是诗性的展现，也是艺术灵感的闪烁。如《守望》只写了"我"从"他"共享的外套下逃脱和逃脱后在河边的徘徊这两个短暂的片断。作品对两人身份和两人过往交集的来龙去脉，并没有一个字的交代，更没有对事件前因后果全过程的连贯性叙述，单是从情节设置这个角度看，它仿佛是"掉链"的。但在短短200余字的篇幅中，故事情节虽然被削减到了极致，却留出了让读者演绎故事的空间。换句话说是：作者在看得见的文字里让故事隐形了，却驱动读者在看不见的空间里登场了。这有点像我们看马远的《寒江独钓图》，画面里只有一条小船和一个垂钓的渔翁，没有去画哪怕是一笔一触的水，但那画幅的空白处却让我们感到烟波浩渺，又如我们由一盆精致的盆景中的几块石头看到层峦叠嶂，从一片青苔看到草原丛林，有心的读者可以从作者在《守望》的寥寥几句落笔处，意会、感悟到作者所没有写及的数处、更多处。又譬如《真相》，篇幅更加短小，200字还不到，作品的主体就是两个人物的寥寥四句对话，真是简至了极致——这四句对话屏蔽了多少的故事，这是一个大胆的处理（作者不一定意识到）！这四句话却能激起读者对其背后故事的想象，几句对白就好似一截短短的线头，拈起它，可从页面的背后牵出连绵不断的情节来。并且因为读者之间在经历、阅历、学养和审美习惯等方面存在的差异，在不同的读者中会演化出不同版本的主人公故事来。与有着多年小说实践的作者的一些作品相比，这组微小说可能显得稚嫩、不够成熟，但是它们没有匠气，而有着不拘的清新。作者总是把她在作品里所描述的对象镂空了再镂空，把文字删减了再删减，没有初学者惯常有的那种添枝加叶。这些呈现在我们面前的作品，所展示的只是一个时空瞬间，它不是生活之流中的横截面，更不是某一段某一截，也许它只是其中的一朵小浪花，甚至只是其中的几滴晶莹的水——就像试管里的样本水那样。就在这几滴样本水里，作者以显微镜式的观察，努力以小见大，以少胜多。把故事原原本本地放进文字里，一般说来并非难事，而让读者在看似没在故事的文字里觉得有故事存在于文字之外，就不是那么容易了。我们平常说诗一样的小说，绝不会是写得满满实实的小说。以这样的方式处置故事和小说，关键是要在作品中营造出作者与读者心有灵犀一点通的氛围或通道，在这种氛围或通道中潜伏着一种能让读者意会得到的隐形逻辑。也就是说，要使被描述的对象保持内涵和外延的一致性，并让那被镂空、省略的部分成为读者进入作品的通道，互动完成阅读中的再创作。只有这样，那些滞重的交代、铺垫和修饰就没有存在的必要了，小说也就变得像诗一样的空灵。若没有营造出在使被描述的对象保持内涵和外延的基本一致性基础上的这样一种氛围，没有这样一种只可意会的通道，而只是一味地淡化情节，淡化客观性的描述，那作品就必然会走向苍白和寒碜，空灵当然不成，空洞自然绰绰有余。

小说是一种主观表达，它所创造的形态既有别于客体，也不是完全受作者主体意识控制的木偶，它是一种镜像。由于前面说到的两个特征，使得这组微小说成为一组蕴含丰沛诗性的镜像。我以为，在这组诗性的镜像中，有客体的真作基础，无论是《中秋夜》中的同床异梦，还是《全家福》中透出的苍凉无助，这种真都能让我们深切理解，甚至感同身受，有切肤之感，但这种真又不是与客体的简单同构，是"诗"中有"史"，是主观诗化了的"史"；它有道德上对善的指向，又不简单地与现存的道德伦理密缝重叠，像《星夜》等篇对幽微的人性有意无意地带着点洞烛的意味；它没有对文字的过度雕琢，却让人感到如诗的凝练之美。这是一次成功的小说创作实践。

　　小说创作是蒋静波近年来对自己的文学领地的拓展，她更多的作品是散文，并在前年出版了散文集《静听心声》，第二本散文集《时光与野草》即将付梓。从她的部分散文近作，我看到了与《男人女人》这组微小说异曲同工的印记。其中，《草忆》和《祠堂人家》是比较典型的例子。

　　《草忆》是一组四篇散文《草蓬》《草场》《草包》《草扇》的组合，写了儿时在乡间时对它们的记忆。组合里的单篇散文像她的微小说一样，篇幅很短，每篇也就六七百字的样子。篇幅是表面现象，往内里看，这些短散文的结构、纹理等酷似她的微小说，如文字和思路的跳跃性、明断暗续的生活片断和思绪缀联，浓重的抒情氛围。如《草蓬》一文，在写了草蓬的种种情趣之后，笔锋突然一转："有一次捉迷藏，我跑向远处的一座草蓬，不意撞见了一男一女，吓得我拔腿就跑。次日，西房的姐姐红着脸塞给我几粒奶糖。有一天，她和东房的小伙子忽然在村子里消失了。村人议论纷纷，说西房的姐姐真傻，放着金房子不住，去蹲烂草蓬。"文字跳跃、浓缩，短短百来字，却勾勒出一个事件的轮廓，并让读者对幕后的故事浮想联翩，说这一小段文字暗藏着一篇短篇小说的容量也不为过。又如《草场》一文，作者这样描述村口那个草场："一棵老樟树，像一个神秘的武士，用粗壮的手臂，擎着一个巨大的绿蓬。太阳下，满地高高低低、大大小小的草闪着绿莹莹光，草香弥漫。"奇怪的是，这样一个让孩子们着迷的美丽草场，"大人们不但自己不去，还编出一些鬼怪故事，吓唬、阻止我们去那里。我对草场有一点欢喜，有一点好奇，还有一点害怕。"最后"我"好不容易从奶奶口中得知了原委："许多年前，上面来政策，村里须选出一个人拉出去枪毙，村人选了开当店的钩先生……很多村人都跑去看。他倒下后，血流了一地"，就这样，草场成了全村的禁忌，大人们甚至绕路走。对历史的沉重，文章的结尾却宕开一笔，写出诗一般的句子："清早，我扒开一簇草丛，草尖上挂着的一粒粒泪珠纷纷坠落，一大片湿土上开着朵朵暗红色的花。"像诗一样抒情，却又不掩沉重、沉痛。是的，《草场》是一篇散文，但它的沉重却有如一篇长长的小说，而轻灵飘逸的布局和文字又多像是一首诗。在《草包》《草扇》中，与《草蓬》《草场》里写到"西房的姐姐"和"东房小伙子"的私奔、美丽的草场浸染着"钓先生"殷红的血一样，作者又在乡间风情的底色上影影绰绰地演绎着小琴和她的继母、小汶和她的疯子母亲的不堪命运，像朝雾般朦胧，又像挂在草尖上的晨露晶莹清晰……片断、跳跃、留白、抒情，在文字之外让读者回味，激发二度创作，散文《草忆》与微小说《男人女人》殊途同归。我们可以把《草忆》当作小说来读，同样地，我们也可把《男人女人》当作散文、随笔来读，而沟通两者的是作者的诗性表达。

《祠堂人家》也是一组散文的组合，写了那些住远离村庄的旧祠堂里被人遗忘的一族，他们中有以唱走书、拉琴为生，四处漂泊，一年难得在村里露上几面的"马浪荡"，有常年蓬头垢面，拖着露趾的鞋子的寡妇"白眼嫂"，有一年四季为生产队放牛，由于严重驼背人们几乎没见过其完整的脸的老鳏夫，有一对"活宝"之称的冤家夫妇……对这组散文的篇章不再一一举例赘述，只强调一点，在透着生活的沉重，又散逸着诗性的光泽这点上，它与《草忆》的风格是相当接近的。

写到这里，不禁想起蒋静波在前年写的以《水月》带头的一组散文。我初读到这组散文时就眼前一亮，意识到作者创作上初露的新动向，即从早前的散文写作偏重于温馨表达而转向追求隽永的诗性表达——当然她没有抛弃、也不必要抛弃温馨表达。《水月》后来很快发表于《散文百家》杂志。在这组散文里，像"东房的小叔，吹一声口哨，朝小河走去。身边的小姑，一甩长辫，也不见了踪影"，像"邻家的姐姐，穿着红嫁衣，在鞭炮声中，正要迈过弄堂石槛，突然转身下跪。弄堂中的父母，倚着木壁，泪流满面。此时，我正背着行囊，穿过另一条弄堂，去异乡求学"，像"午后，谁家冒出了炊烟，一丝，一缕？邻舍循烟而来，寻到琴姑娘家。女主人正将一碗长面蛋，递与一个陌生小伙，琴姑娘含羞陪坐。琴姑娘相亲了！消息在炊烟中弥漫整个村庄"，像"那一个雪夜，邻家大哥哥娶来了美丽的新娘，不知为何，突然间，独觉失意。待到来年，抱着他俩的宝宝，却欢喜着教宝宝喊姐姐"……这样的文字描述，是散文，是小说，还是不分行的诗？《男人女人》这组微小说在承续《水月》诗性表达的基础上，其内核更抵近生活的严峻，稍前的《祠堂人家》和稍后的《草忆》也属此列。

天才的帕斯卡尔曾说过：人应该诗意地栖息在大地上，这是人类的梦想。我想，那文学就更应该有理由追求诗意，这也应该是我们的梦想。帕斯卡尔又说：人是一根芦苇，是自然界最脆弱的东西，但他是一根能思想的芦苇。我想，文学创作者也更应该成为一个敏感而坚韧的思者，要在不断思索中探索、创新、进步和超越。会思想的芦苇摇曳在水边、阳光下，这是动人的情景。

2016 年 11 月

后记

　　我原先一直安静地写着散文，并且很可能顺着这样的惯性一直写下去，要不是因为有一天在"三味文学之友"沙龙上遇到了小小说名家谢志强老师。那是在 2014 年 12 月，他应邀来三味文学沙龙作讲座，细节、意象、暗喻、象征、寓意、留白、视角等一连串文学词语，像缕缕细小而又锐利的微光，照进了我心底的某个角落。就在那一刻，我毫不迟疑地爱上了小小说这种轻盈的文体。

　　时过半年，我写了组每篇几百字的"小东西"。对于这些文字是否像小小说，当时自己心里很茫然，就在 QQ 上发给三味沙龙的发起人之一、时任奉化作协主席的沈潇潇老师，以投石问路。他很快回复，说："很好，像一粒粒珍珠，发出微小而独特的光芒"，并建议我再发给谢志强老师，听听他的意见。我照此办理。不想两天后，电话里就传来谢老师的声音："你就是寄给我闪小说的蒋静波吗？写得很好呀，小小说就是要这么写，细节到位，有意象，有寓意。"当时，谢老师还兼任着《文学港》杂志的小说编辑，他说手头刚编完一组小小说稿，看到我的这组，就把那组小小说给替换了。很快地，我的这九篇一组小小说处女作犹如一列小船，在《文学港》这家曾最早接纳我散文作品的杂志上起航了。后来，我的小小说一站站在《百花园》《小小说选刊》《小小说月报》《天池小小说》《金山》等国内小小说主力期刊上停泊、加油、再起航。

　　当时的那份惊喜和被肯定，至今想来仍激动不已，它直接转化为我

198

创作路上的动力。更让我感佩的是，几年来，谢老师一直关注着我的写作，鼓励我坚持下去，走得更远、更好。记得去年新冠疫情肆虐时，在被延长了半个多月的春节假期期间，谢老师叮嘱我，如果你帮不了什么，就多写多投吧。当别人抱怨太闲了时，阅读、写作让我忙碌而充实。我在写人物时，没有做到将细节往深里掘，谢老师让我阅读安赫莱斯·玛斯特尔塔的《大眼睛的女人》，这本书我阅读了三遍（谢老师说他读了五遍）。

常有人认为，小小说那么小，小得难登大雅之堂，甚至小得可以忽略不计。有位文友好心劝我："你写了那么多年的散文，现在干吗去写这个小东西？"我的一位同学疑惑地问："几百字的东西有什么写头？"可见小小说处境的尴尬。记得就在那时候，沈潇潇老师写了评论《贯通于小说和散文间的诗性表达》，为我的小小说创作鼓劲，并在三味沙龙上组织交流探讨。

我觉得，小小说、乃至小说以碎片化的表达符合时代发展的潮流。诺贝尔文学奖得主波兰作家奥尔加·托卡尔丘的许多作品，都是碎片化的形式，初读时，有一种无序、碎片、杂乱之感，当你读完、合上全书，就能体会出有序的思想和世界。美国作家莉迪亚·戴维斯的闪小说，在篇幅上更是小得不能再小，碎得不能再碎，但正是这些别致的"小东西"，于三言两语间，击中人性，细细咀嚼，意味无穷。

初写小小说，无惧无畏，以为只是在约定字数的框架内做文章。随着阅读的深入，视野的开阔，我开始深思：我要表达什么？又如何表达？

过去我出版了两本散文集，如今我将五年来创作的小小说（更多的是闪小说）归集呈现，既是文学上的一次自我检视，也作为上述问题的回答。书名《表达方式》，取自集子里的一个同名作品。

作品的着眼点都很小，细小得如一枚纤纤银针的针尖，突然往某个穴位，看似不经意地一刺。那是我看待世界的一个视角和方式。主人公大多是芸芸众生中的男男女女，许多甚至没有姓名。这些故事或素材随手可得，生活远比想象还要丰富，我只撷取某个瞬间、某个横断面中的碎片。我希望以这种表达方式折射真切的人性。这里的一百二十多篇作品，大多每篇只有几百字，有的甚至不到百字，但一字一句都蕴含着我的用心和追求。

小小说以碎片化的形式，达到以轻抵重、举重若轻的文学效果。这不正是卡尔维诺最重视的小说品格之一"轻逸"的文学样态吗？在文学的海洋中，愿我的作品是一滴水珠。

感谢宁波市及奉化区两级文联的支持，使我的第一本小小说集能顺利出版。感谢所有给予我帮助和鼓励的老师、编辑、文友和读者们。若这一本"小东西"能让大家产生出些许不一般的感觉，对于我来说，已远远足够。

蒋静波

2021 年 5 月 8 日